O blogueiro bruxo das redes sobrenaturais

Fábio Kabral

O blogueiro bruxo das redes sobrenaturais

Todos os direitos desta edição reservados à
Malê Editora e Produtora Cultural Ltda.

Direção: Vagner Amaro & Francisco Jorge

O blogueiro bruxo das redes sobrenaturais
ISBN: 978-65-87746-50-0
Ilustração de capa: Edno Pereira Draco
Capa: Dandarra de Santana
Edição: Vagner Amaro
Revisão: Viviane Marques
Diagramação: Maristela Meneghetti

Texto revisado segundo o novo Acordo Ortográfico da Língua Portuguesa.
Proibida a reprodução, no todo, ou em parte, através de quaisquer meios.

Dados internacionais de catalogação na publicação (CIP)
Vagner Amaro – Bibliotecário - CRB-7/5224

K11b	Kabral, Fábio	
	O blogueiro bruxo das redes sobrenaturais / Fábio Kabral. Rio de Janeiro: Malê, 2021. 266 p.; 21 cm. ISBN: 978-65-87746-50-0	
	1. Ficção brasileira I. Título	CDD B869.3

Índice para catálogo sistemático: Romance: Literatura brasileira B869.3

2021
Editora Malê
Rua do Acre, 83, sala 202, Centro, Rio de Janeiro, RJ
contato@editoramale.com.br
www.editoramale.com.br

SINOPSE

Cês viram o vídeo novo do Joselito Abimbola? Filho de Logun Edé! Roupas purpurinadas! Superpoderes digitais! O sonho dele é ser o maior blogueiro das redes sobrenaturais de Ketu Três! Bafo! Ketu Três é o lar dos filhos dos Orixás, a metrópole dos arranha-céus, carros voadores, sacerdotisas-empresárias e tecnologias movidas a fantasmas. Cês viram a postagem do Joselito Abimbola? Grito! Os influenciadores são guerreiros valorosos, que se enfrentam em combates mortais nas caixas de comentários para, assim, decidir o futuro da humanidade! Não sei lidar! Se for problematizado, já era, é cancelado e vira um espírito maligno da rede! Berro! Um monte de espíritos malignos despejando substâncias tóxicas nos comentários acaba virando um problema sanitário muito sério, e aí o caçador João Arolê, a cientista Jamila Olabamiji e a líder Nina Onixé são envolvidos na treta! Enquanto isso, a grande pensamentista Larissa Okikiade, a maior rival do nosso herói, prepara um textão que promete viralizar a maior polêmica de todos os tempos... Será que Joselito Abimbola vai conseguir sobreviver a tantos perigos? Ah, não se esqueçam daquele joinha pra fortalecer e, se é novo por aqui, se inscreva no canal!

Nas profundezas do lago
Se você não for você de verdade
Não será capaz de respirar

PRÓLOGO

Nós amamos você.

E é por isso que você precisa desaparecer...

Nós amamos como você se expressa, nós amamos como você se comunica.

E é por isso que você deve se afundar na lama da qual todas nós viemos...

Nós amamos você. Lembre-se sempre disso...

I PROBLEMATIZAÇÃO

A GRANDE BATALHA DO LACRE

O maior sonho do Joselito Abimbola era poder ser ele mesmo, *nem que fosse só por um instante*. Então, com este intuito, nada melhor do que participar de uma grande luta para decidir os rumos da humanidade.

Com um rifle azul e dourado em mãos, Joselito Abimbola disparava jatos multicoloridos contra sua adversária, Larissa Okikiade, que tentava se esquivar e, ao mesmo tempo, disparar com seu fuzil duplo listrado. O rifle de Abimbola mais parecia um canhão devido ao seu tamanho, todo coberto de purpurina brilhante e penas de pavão; a arma de Okikiade também era enorme, com lacinhos em forma de flecha e acabamento felpudo. Ele soltou os primeiros disparos, mas o embate apenas estava começando.

Estavam os dois oponentes às margens de um grande lago que refletia o céu negro. O horizonte era um mar de escuridão brilhante, repleto de estrelas, asteroides e planetas. O chão em que pisavam era um capim salpicado de pó estelar; cada vez que Abimbola e Okikiade se movimentavam, faziam subir um redemoinho de brilhos cintilantes. Ao redor dos dois adversários, listras azuis delimitavam territórios compostos por grupos de pessoas: uma multidão de cabelos crespos dos mais variados, roupas que competiam entre si qual chamava mais atenção. Essas pessoas pisavam em botões coloridos no chão, conforme o desempenho dos dois combatentes na arena. Algumas portavam pistolas, disparavam tiros fluorescentes e se digladiavam entre elas mesmas numa torrente de comentários sem fim.

Joselito Abimbola de Logun Edé vestia um traje colante tão repleto de penas de pavão quanto o seu rifle, e seus saltos acrobáticos enchiam todo o ambiente com mais e mais penas; ele exibia um dos maiores black powers dos quais se tem notícia, pintado num azul tão intenso que parecia o céu num dia de verão. Já Larissa Okikiade de Oxóssi vestia um macacão folgado e elegante, um tecido tão verde quanto as folhas mais belas da primavera; seus óculos azul-bebê eram dispositivos de alta precisão; asas de pássaro nas costas a faziam voar para se esquivar dos disparos adversários e suas tranças coloridas esvoaçavam durante as manobras em pleno ar.

Larissa Okikiade, então, soltou tiros seguidos de microbombas em forma de flecha, obrigando Joselito Abimbola a realizar esquivas espetaculares; ele, por sua vez, se preparou para soltar um disparo concentrado de seu canhão de partículas faiscantes, juntando toda a força de seus argumentos. A grande batalha que iria decidir os rumos da humanidade em Ketu Três ia começar para valer, o público seguia eufórico, apertando os botões sem parar... E aí o combatente Abimbola tomou um susto, perdeu a concentração do seu disparo, já que começaram a bater na porta do banheiro.

— Mestre Abimbola! A gente vai se atrasar pro almoço na casa da sua avó. Vamos!

— Peraí! — gritou o rapaz chamado Joselito Abimbola. — Aquela famosinha da Larissa Okikiade e os seguidores dela, eles estão muito errados na rede! Não dá pra sair agora! — concluiu ele, sentado no vaso sanitário. E seguiu teclando no seu dispositivo de conexão.

Algum dia o mestre Abimbola conseguirá ser ele mesmo, temos certeza!

"Seja companheiro do seu pai, não seu rival."
— Honorável Presidenta Ibualama, durante pronunciamento para meninos numa escola.

Eu tenho muito medo do mundo
É por isso que me escondo atrás de mim mesmo

Ketu Três se torna a terceira cidade a levar o nome Ketu

Ketu era uma metrópole do Continente
Foi um grande centro de cultura, arte e literatura
Todos os seus habitantes eram muito letrados
Muitos foram artistas renomados
Era uma cidade governada pelos filhos de Oxóssi
Os filhos de Oxóssi construíram a cidade à imagem e semelhança da Ketu original, que existe no Orum
Governada pelo Rei Caçador Oxóssi em pessoa
Então, a cidade Ketu era a segunda a levar esse nome no Continente
Prosperou por muitos e muitos anos
E seus habitantes foram felizes
Porém, nada dura para sempre
Conforme a cidade crescia e se desenvolvia
Em fartura, em conhecimento, em poder
Os habitantes de Ketu foram ficando cada vez mais orgulhosos
Passaram a se considerar melhores que qualquer um
Até que começaram a desprezar os próprios Orixás
E deixaram de realizar as oferendas devidas
Deixaram de cultuar os poderes ancestrais do mundo
Oxóssi ficou muito triste
Se sentiu ultrajado, traído
Logo ele, que tanto amava e protegia a sua gente
Virou, então, as costas para o seu povo
Sem a orientação dos Orixás, a população acabou enlouquecendo

Conflitos e rixas, que já existiam ao longo dos anos, foram se acentuando

Acabaram invocando poderes terríveis

E a cidade acabou se arruinando, vítima de sua própria soberba

Os filhos dos Orixás decaíram na própria degradação

Desligados de seus pais ancestrais, perderam seus poderes sobrenaturais

Foi então que vieram os alienígenas de outra dimensão

Seres pálidos, odiosos, destrutivos

E a cidade Ketu, já vitimada por si mesma

Acabou sendo presa fácil desses inimigos de fora

Seus habitantes foram sequestrados

Foram levados para outra parte do universo

Para um mundo novo, estranho

Onde foram escravizados e brutalizados

Passaram-se, então, muitos anos de miséria e decadência

Os descendentes de Ketu haviam se arrependido da soberba dos seus mais velhos

Voltaram a cultuar os Orixás

Voltaram a prestar oferendas

Voltaram realizar os rituais de ciência ancestral

Até que a mágoa de Rei Oxóssi foi apaziguada

Os descendentes de Ketu, então, se reuniram sob uma única bandeira

Retomaram os poderes do sangue espiritual que corre em suas veias

E se voltaram contra os alienígenas

Queimaram todas as suas fazendas e castelos

E acabaram com todos eles

Os descendentes de Ketu haviam conquistado a liberdade com suas próprias mãos

Haviam feito as pazes com os Orixás

Então, agora soberanos neste mundo estranho que havia se tornado seu lar
O Mundo Novo, onde agora viviam, e onde seu sangue fora derramado
Se tornaram rainhas e reis desse novo mundo
E reergueram a cidade Ketu
Seguindo os ensinamentos do Rei Oxóssi e de toda a realeza dos caçadores ancestrais
Construíram uma nova Ketu
À imagem e semelhança da Ketu do Continente, lá no Mundo Original
Com as tecnologias espirituais ensinadas pelos Orixás
Com os poderes sobrenaturais herdados dos antepassados
Então essa metrópole se tornou a terceira cidade a receber o nome Ketu
Ketu Três, como passou a ser chamada
Uma cidade de arranha-céus e carros voadores
Ketu Três é a cidade da arte, da cultura, da fartura
Ketu Três é a Cidade das Alturas
Ketu Três é a cidade de Oxóssi, o Rei Caçador.

Post de destruição em massa

Dizem que a realidade é aquilo que queremos ver.

— Quantas flechinhas vou ganhar com essa foto?

Quando conheci o mestre Joselito Abimbola, era só um moleque catarrento, desses que se escondem no fundão da sala. Hoje, é um adulto moleque, tão cheio de si que 50 mil seguidores são pouco para ele. Pai Logun Edé com certeza está orgulhoso.

— Hein, bicho — insistiu mestre Joselito. — Quanto engajamento cê acha que vai render?

— Bicho é seu pai — respondi.

Joselito Abimbola sorriu para mim. Depois, sorriu para a foto. Enquanto isso, todo o resto do mundo gritava de pavor, já que o mundo estava para acabar.

A foto em questão é a *selfie* que acabamos de tirar: mestre Joselito em pé, empinando a bunda, em plena madrugada, nesta grande avenida da metrópole, em meio a milhares de pessoas que corriam por suas vidas. A avenida estava arruinada, feita em pedaços. Os prédios haviam despencado, não passavam de entulhos. As árvores da calçada foram arrasadas, sangravam seiva. Fumaça e poeira se erguiam, não dava para ver nada além de rostos desesperados — e o mestre Abimbola sorrindo no centro do caos. Uma foto espetacular, cuja ideia só poderia ter vindo de uma mente como a do mestre Joselito.

Qual foi a última vez em que você olhou para si mesmo?

As pessoas continuavam correndo por entre nós, e o mestre

Joselito admirava a si próprio no seu dispositivo de conexão holográfico de última geração.

O príncipe Logun Edé admirava-se no espelho. Sabia-se lindo. Derretia-se por si mesmo.

— Mestre Joselito — eu disse para o meu mestre. — Vamos começar a gravar?

— Peraí! — ele exclamou. — Parece que a Larissa Okikiade postou de novo...

— Mestre Joselito! — exclamei. — Esquece as notificações, a garota vai destruir tudo!

O mestre revirou os olhos.

Estamos no Bairro das Joias, Setor 10; madrugada de lua cheia, geral na badalação. Aqui os prédios são altos, as ruas de pedra nobre, as árvores majestosas, os carros os mais bonitos da metrópole. Setor 10, o queridinho da nação, onde os mais lindos filhos dos Orixás se reúnem, encontramos as maiores cabeleiras crespas, as mais brilhantes peles pretas, onde desfilam as grandes celebridades. Mestre Joselito Abimbola e seus coleguinhas influenciadores digitais amam o Setor 10.

Então, esse Bairro das Joias acaba de ser todo arrebentado. Destruído só com socos e pontapés. Por uma simples garotinha de pijama estampado. Em apenas dez minutos.

Ogum mata e destrói completamente.

— Cê tá certo, bicho — disse o mestre Abimbola, após um tempo. — Preciso me concentrar.

As pessoas continuavam correndo, o mestre Joselito

continuava parado no mesmo lugar. Com tranquilidade, ergueu o dispositivo de conexão, mirou-o para o próprio rosto. Deu aquela ajeitadinha no black power bicolor, ajustou o terno brilhante. Calça apertada, sapatos lustrosos. Começou a gravar:

— A bênção de vocês, galera, meu pai abençoe a bênção! Como podem ver, o vídeo de hoje é sobre algo muito sério. Estamos no Setor 10, uma das áreas mais nobres e mais tranquilas de Ketu Três, como vocês sabem. Então... o que explica tudo isso? Continua após a vinheta... Bora pescar?

Bora sim. Assim que conseguirmos escapar da garotinha de pijama estampado. Porque ela acabou de chegar até onde nós estamos. Veio voando com um pulo e pousou com tudo, socando o chão, arruinando ainda mais a rua; o impacto do seu punho de menininha foi como o de um martelo acertando vidro: toda a avenida foi estilhaçada. A garota balançava a cabeça, chacoalhava as tranças, urrava como se fosse um monstro, repleta de som e fúria. Ao que parece, quem ouvia aquele urro não conseguia fazer mais nada além de levar as mãos aos ouvidos e chorar.

— Assim fica difícil gravar! — gritei para o mestre Abimbola, mas duvido que ele tivesse conseguido me ouvir com todo aquele barulho.

Ah, ele não me ouviu porque estava olhando para um post em seu dispositivo de conexão...

Larissa Okikiade
20h43
Vocês estão passando bem? Já consultaram seu babalaô hoje?
Me deparei hoje com um monte de palavras malcriadas nos meus perfis. Resolveram soltar espíritos malignos

pra cima de mim? Estão com inveja? A ancestralidade está de olho. Quando é que esses marmoteiros vão assumir? Não queria dizer nada, mas tem gente aí que finge demência até dizer chega. E quando a flecha te atingir, não adianta reclamar. A gente é filho do Caçador, e o Caçador não dorme. Pare com essa inveja, não adianta ficar checando as minhas redes. Estou falando com você mesmo, sabe muito bem quem é. Sou uma pele marrom-realeza, nasci filha do Rei de Ketu. Quem nasceu majestade, majestade sempre será. Então, vão procurar o que fazer! Mais uma pele marrom sendo atacada e difamada! Não vão me silenciar! O acerto de contas vai chegar, a flecha do meu pai é certeira! Pai Odé abençoe.
4.043 flechinhas e aumentando...

— Marmoteira! — gritou Joselito Abimbola para a tela imaginária do dispositivo de conexão. — Você é que devia ter virado um espírito maligno faz tempo!

— Vamos gravar! — gritei para o meu mestre Joselito.

Bufando, mestre Abimbola levou a mão ao rosto. Ficou ali tremendo, meio patético, como se fosse um princípio de convulsão. Até abrir um sorriso ridículo, de ponta a ponta. Voltou a falar para o dispositivo de conexão que o gravava:

— Pra quem ainda não me conhece, sou o pescador Joselito Abimbola e você está no canal do Pavão Pescador! Sua fonte diária de conhecimento, alimentação e cultura! Bom, estamos presenciando o que parece ser o fim de todas as coisas... Palavra alguma é capaz de descrever este momento terrível, então vejam por vocês mesmos!

O mestre Abimbola mirou o dispositivo para mostrar

que metade do Setor 10 tinha virado uma pilha de destroços. Eu mesma não conseguia acreditar que tudo aquilo foi causado por uma simples garotinha... uma pele marrom-ferro, vestindo pijama, chapéu de orelhas de coelho, tranças, fio de contas de Ogum. Parecia o próprio cão do deus da guerra e estava bem do nosso lado, continuava quebrando tudo enquanto o mestre Abimbola continuava gravando:

— Tô dizendo que é um *absurdo* toda essa devastação. Gente, aqui é Ketu Três, lar dos filhos dos caçadores. Aqui é o Setor 10, lar dos mais belos entre os belos filhos dos deuses caçadores! Onde estão as autoridades competentes? Arranha-céus feitos em pedaços, virando escombros. Tão vendo? Carros destroçados, quilômetros rachados ao meio. Tão sentindo? Fogo e fumaça por todos os lados, sufocando os gritos de milhares de cidadãos. E aí? Parece uma zona de guerra daqueles filmes de quinta categoria. Onde estão as senhoras sacerdotisas?

Acho incrível como consigo me manter sã ouvindo as baboseiras que o mestre fala todos os dias.

— Alguém aí ainda gosta dessas cenas clichês de cenários destruídos? — mestre Joselito seguia gravando. — Estão entendendo? Saudades de uma distopia? Aqui é Ketu Três!

É verdade. Apesar de toda a destruição, ninguém estava realmente ferido, sabe? Aqui é Ketu Três. Falei que as pessoas estão correndo, mas, na verdade, a maioria está *voando* para longe. Poderes paranormais. Você provavelmente já sabe disso: *emi ejé*. Setor 10 é o lar das celebridades, dos *emi ejé*. A maioria das pessoas está voando ou se teleportando para bem longe, com segurança. Os prédios que caíram? Raízes enormes estão crescendo para segurar todo mundo, enquanto dispositivos telecinéticos criam bolhas de proteção e impedem que qualquer um seja esmagado pelos escombros. "Os ancestrais nos guardam, somos filhos dos Orixás", diria a senhora Eunice Abimbola, mãe do meu mestre.

Ainda assim, a menina de pijama me dava medo...

— Agora, vamo trocar uma ideia com a menina destruidora de cidades! — bradou o mestre Joselito para o dispositivo de conexão.

— Pelas barbas de Oxalá! — acabei exclamando.

— Concordo — disse o mestre. — Vejam, meus caros seguidores. Estamos muito atrasados. Isso é fato! Onde tá a bravura dos nossos ancestrais guerreiros? As Corporações certamente nos devem respostas. O que diriam nossos ancestrais que ficaram lá no Mundo Original? Onde tá o nosso orgulho?

— Certo... — eu disse. — Mestre, o senhor já tem o que queria. Então...

— Vamos para o debate com a menina furiosa! — exclamou o mestre Joselito Abimbola. — A menina destruidora tem muito a contribuir com o debate! Nossos seguidores fiéis merecem saber! Nenhum blogueiro teve culhões pra vir até aqui. As Corporações não se apresentam. Algum caçador irá se voluntariar? Cadê as tropas mentais para colocar a menina para dormir? Estamos testemunhando o descaso das sacerdotisas! Meus vaidosos seguidores, eu e o meu bicho vamos falar com ela agora!

"Bicho é o seu..." eu ia dizer, mas a garota acabou de dar mais uma pisada, causando mais tremores de terra. Finalmente, comecei a tremer de medo.

— Vejam! — Joselito berrava, triunfante, apontando para a menina furiosa. — As Mães Empresárias mentem pra nós! Transformam crianças em monstros! Que absurdo...

Àquela altura, não havia mais ninguém além de nós e da

garota, todo mundo havia se mandado para longe. O mestre Joselito Abimbola se posicionou bem diante da jovem, com aquela expressão de admiração, filmando tudo com seu dispositivo de conexão holográfico.

— E aí, Mães Empresárias? — Joselito continuava. — O que fizeram com essa menina? Cadê a tropa das telepatas sensatas? Onde estão vocês, senhores militantes?

— Mestre Joselito — sussurrei. — Melhor o senhor prestar mais atenção...

Para variar, mestre Joselito não se dava ao trabalho de me ouvir; dava pulinhos de alegria enquanto gravava seu vídeo e testemunhava a jovem destruindo o seu distrito favorito. Foi então que se deu conta de que a garota estava cercada pelas forças da Aláfia Oluxó... e nós também.

— Quentíssimo! — Joselito virava seu dispositivo de conexão para todos os lados. — Os vermes de Ketu Três finalmente chegaram! Vieram pra silenciar a menina? Ela tá realizando um ato, uma contravenção! Ela tem todo o direito de se expressar! Não acham, meus seguidores? Opressores não passarão!

O senhor Abimbola simplesmente xingava os funcionários de uma das maiores empresas de segurança de Ketu Três, a Aláfia Oluxó. Mas a real é que ninguém lhe deu muita atenção. Ao nosso redor havia se reunido um batalhão: armaduras psicotrônicas, bazucas telecinéticas, rifles de plasma elemental, voadores com bombas de rede neural. Foi então que o senhor Joselito finalmente se lembrou de que essa artilharia era capaz de exterminar monstros gigantes em segundos. Ele se jogou comigo no chão no momento em que começaram a atirar na garota. Fomos nos arrastando rápido para longe, enquanto tudo mais explodia. Acho que nunca havia escutado tanta zoada de explosão e bomba... Tiros de fogo, água fervente, vento cortante, ácido, todo tipo de energias mágicas foi disparada das armas. O mestre Joselito, já numa distância teoricamente segura, apenas sorria. Tentava gravar tudo, mesmo encolhido como estava no chão arruinado.

— Vamos sair daqui! — gritei. — Já tá bom o vídeo!

— Meus seguidores! — mestre Joselito me ignorando. — A visão daqui tá ótima! Aposto que ninguém, nem mesmo as clarividentes, vai conseguir postar uma gravação tão próxima quanto essa!

"Você ainda vai se arrepender", eu queria ter dito, mas, no final das contas, realmente não cabe a mim dizer o que o senhor meu mestre deve ou não deve fazer.

— É quentíssimo, é quentíssimo!

Porém, nem mesmo a Aláfia Oluxó, com todo o seu armamento, conseguiu lidar com a menininha de pijama e pantufas: todo o batalhão foi derrubado em segundos apenas com socos e chutes; as armas foram entortadas só com mãos nuas.

— Os ancestrais estão vendo isso? — o mestre Joselito já totalmente bêbado de emoção. — Com todo o respeito aos senhores antepassados, pai Ogum tá permitindo isso? Um absurdo o que as Mães Empresárias estão propagando!

— Senhor Joselito... — eu estava suplicando.

— Só mais um pouco, meus seguidores! — respondeu ele, o mais próximo que ousava estar da menina destruidora. Foi então que... Alguém veio voando. Surfando num disco flutuante.

Era uma moça vestida num traje militar preto. Foi atirando com uma pistola de alto impacto uma saraivada de tiros invisíveis, que causava um barulho tão ensurdecedor quanto o urro da garota. Mestre Abimbola perdeu o equilíbrio, quase deixando cair seu dispositivo imaginário, tentou gravar a ação da moça de traje preto, mas percebeu que seus aplicativos foram invadidos, estavam começando a pifar!

— Não! — gritou ele. — Não, não!

Finalmente, o mestre Joselito Abimbola começou a sentir medo. Se virou para mim e disse:

— Bicho... Acho que... não deveríamos estar aqui...

— Cê jura? — respondi com raiva.

Joselito, então, deu um grito. É que havia surgido, bem perto da gente, um homem. Assim, do nada. Um homem de dreads longos. Implantes cibernéticos. Uma lança bem grande com ponta energética.

Nosso bom caçador, nós o chamamos. O filho do caçador é aquele que pode castigar.

O mestre parecia paralisado. Aí, várias coisas aconteceram de uma vez só: a moça do disco flutuante deu meia volta, voou para longe, provocou a jovem destruidora; a garota soltou um urro, saltou para alcançar a moça do disco; o homem cibernético soltou um palavrão, foi atrás das duas; o senhor Abimbola me agarrou pela perna, gritou para sairmos dali...

Senti nossas moléculas se dissolvendo no universo imaginário do reino sobrenatural... Até que nos materializamos, em carne, osso e espírito, no nosso apartamento, no Setor 8 da Rua Treze de Ketu Três.

Mestre Joselito se jogou no carpete, ofegante, quase sem conseguir respirar. Seu black power azul e dourado estava arrepiado; seus trajes purpurinados, manchados do seu suor. Ainda assim, o senhor Abimbola exalava o cheiro do seu perfume favorito, Essência da Flecha-Espelho. Fiquei olhando para ele, todo estirado, tremendo.

— Será que... — ele balbuciou. — Algum espírito maligno da rede causou a interferência nos nossos aplicativos?

— Acho que não... — eu disse. — Acho que foi... Enfim, não importa! A culpa é sua, por se arriscar demais! Aquela interferência nos aplicativos quase nos condenou!

— Bicho... — ele respondeu. — Sei muito bem como meus dons funcionam, então, não preciso que você...

— O que te apavorou mesmo foi seu primo, João Arolê — completei. O mestre Joselito fechou a cara.

Ainda ia demorar para amanhecer. A janela aberta deixava entrar o suspiro frio da noite. As luzes apagadas do apartamento se acenderam um pouco, mostrando que a cama estava uma zona; sua coleção de nanodiscos da Adeyonce toda espalhada na mesa do computador; o fio de contas azuis e douradas de pai Logun Edé repousava na mesa de cabeceira; enquanto acima, orgulhosamente na parede, a moldura de sua placa de influenciador oficial de Ketu Três. Mestre Joselito olhou para a placa, se levantou de uma vez só, abrindo aquele sorriso estúpido.

— O vídeo! — exclamou. — Meu dispositivo quase fritou quando houve a interferência. Acho que o vídeo já era!

— A nuvem, senhor Abimbola... — eu disse, cansada de lembrar o óbvio.

— Lógico! — continuava exclamando. — Vou usar o que tá na nuvem! É suficiente. Vamos editar! Postar hoje mesmo!

— Já tô editando... — eu disse, digitando no computador. — Só deu pra salvar alguns poucos minutos...

— É quentíssimo! — insistiu ele nas exclamações.

— O senhor não tá mais gravando vídeo, mestre! Faça silêncio, por favor...

Mestre Joselito levantou as sobrancelhas. Com o tempo, e alguma dificuldade, foi mudando a expressão de empolgação para um rosto neutro, quase de tédio.

— Ok — disse ele.

Mesmo assim, o mestre Abimbola foi enfiando o nariz na tela do computador, quase se esquecendo de que eu estava ali no teclado. Olhava cada frame, cada byte que se agitava, cada esforço da placa de vídeo para tentar reproduzir a ação frenética da garota furiosa e toda a destruição que ela causou. As caixas de som gritavam, eu só torcia para que os abafadores fossem suficientes para não atrair a raiva dos vizinhos.

— Ficou ótimo — declarou o mestre Joselito Abimbola. — Cinco minutos. Posta agora, bicho, por favor.

— Bicho é... — acabei desistindo, me voltei para o teclado. — Já tô postando...

Ansioso, o mestre Joselito piscou. Os outros dois monitores do quarto atenderam ao seu comando prontamente e acenderam já na tela inicial da rede sobrenatural SeuDuto. O upload do vídeo já havia Espaço entre as palavras flechinhas e comentários já estavam bombando.

— Não dá pra ver o rosto da menina — frisei, novamente falando o óbvio. — Deve ser um embaralhador de imagens...

— Não importa — disse Joselito. — Melhor assim, aumenta o mistério, atiça a curiosidade. Pouco importa a identidade da moça, o que me interessa é o...

— Engajamento — completei.

Silêncio.

Joselito Abimbola, então, ligou o dispositivo de conexão

holográfico acoplado ao seu antebraço direito. Abriu seus perfis nas redes sobrenaturais, ficou uns dois minutos observando as flechinhas e comentários que não paravam de pulular nas telas do dispositivo de conexão e dos monitores. Diversos comentários: estupefação, estranheza, até medo, pavor, algumas críticas, xingamentos. Porém, quase todos, praticamente todos, diziam:

> Pai Joselito lindo! Amamos você! Você é o máximo! Maravilhoso! Poderoso! Arrasou! Pisa mais! Nenhum vlogueiro é igual a você! Os outros são marmoteiros! Só você é capaz de salvar o mundo! Lacrou demais!
> 7.167 flechinhas e aumentando...

Lacrou demais. Tinha superado até mesmo a Larissa Okikiade naquele momento. O silêncio se mantinha. Então...

> Que marmoteiro! Como é que vocês têm coragem de dar moral pra um bosta desses que só fica falando bobagens?
> Hei, para de falar bosta você! Cê tava lá arriscando a vida no Setor 10? Tava? Vai lá fazer metade do que o Pai Joselito faz!
> Esse cara é uma fraude! Mente sobre coisas que não faz! Quem garante que essas imagens não são editadas? Enche a boca pra dar lição de moral! Sei vários podres dele...
> Olha aí, mais um babaca invejoso jogando notícias falsas contra o Pai Abimbola!
> Mas é real! Esse imbecil não fala nada com nada! Falastrão! Usa da fama pra enganar deslumbrados... Passa o rodo em geral!
> Vocês que tão aí falando mal do Pai Abimbola, enquanto ele tava lá arriscando a vida pra salvar o Setor 10, cês tavam fazendo o quê?

Começaram as batalhas mortais na caixa de comentários

do post de mestre Joselito. Foram se avolumando comentário em cima de comentário, estavam digitando loucamente, muita gente se exaltando, eu e o mestre ficamos vendo pela tela do dispositivo de conexão... Até que o mestre piscou os olhos para ativar sua *visão sobrenatural.*

E, então, passamos a enxergar o que estava acontecendo no mundo imaginário das redes sobrenaturais. Havia-se aberto uma arena a céu aberto, uma estrutura retangular de pedra e concreto, plana e irregular ao mesmo tempo; tal arena se erguia acima de um mar de árvores de folhas púrpuras que cintilavam à luz de uma lua rosa. Eram muitos lutadores, que tinham se espalhado de forma desordenada na área da arena, simplesmente iam atirando uns contra os outros. Ao primeiro disparo da metralhadora de xingamentos, defensores e outros detratores do mestre sacaram suas armas: facas, pistolas, espingardas, arcos, lanças, raios dos olhos, meleca do nariz e várias outras armas de aparência rústica. Seus trajes de proteção também eram bastante rudimentares, óbvio, não passavam de aspirantes a influenciadores. Foram disparos e mais disparos, as pessoas eram feridas e ainda assim seguiam ferindo os outros, disparos de comentários irônicos, mordazes, desrespeitosos. Qualquer um que tivesse opinião contrária era alvo, mesmo os que concordavam eram alvejados. Os disparos, que inicialmente eram palavras contra ou a favor do mestre Joselito, já haviam se tornado sobre outros assuntos, pautas e interesses particulares de cada um, misturando coisas que não tinham nada a ver com nada. A carnificina seguia. Até que novos portais foram se abrindo na arena; eram, em sua maioria, apoiadores do mestre, que iam se conectando e entrando no campo de batalha para defender a causa de Pai Joselito

Abimbola. Era tamanha devoção e vantagem numérica, que os detratores do mestre foram sendo encurralados para o centro da arena. Então, foram exterminados com uma saraivada concentrada de "berros", "bafos" e palavras de ordem em caixa alta.

Os críticos do mestre sofreram tantas críticas que perderam todos os seus seguidores. Foram cancelados. Os fãs do mestre soltaram gritinhos emocionados, não sabiam lidar. A batalha havia terminado.

E, então, os cadáveres imaginários dos derrotados começaram a sofrer aquela transformação que conhecemos bem: foram se remexendo, se requebrando, se retorcendo, muita gente vomitando, tapando os ouvidos com os sons dos ossos se quebrando, até que os derrotados terminaram a sua metamorfose. Tinham acabado de virar monstros. Grotescos, deformados, várias pernas, braços, tortos, distorcidos. Haviam se tornado *ajoguns*. Espíritos malignos da rede.

Todo mundo se desconectou na hora. Quem não conseguiu fugir a tempo foi devorado pelos monstros. E se tornaram novos espíritos malignos. Quando não havia mais ninguém além dos monstros, estes soltaram urros cavernosos para a lua rosa no céu. Então, se jogaram nas matas de folhas púrpuras para se espalharem pelos mundos imaginários das redes sobrenaturais. Para vomitarem substâncias tóxicas em outras caixas de comentários.

O mestre piscou os olhos e voltamos a ver o mundo real em que vivíamos. Ele permanecia onde estava, de pé, olhando a tela holográfica do dispositivo de conexão, que contabilizava mais de quinze mil flechinhas.

— Parece que com um único post o senhor causou mais destruição que a menina do Setor 10 — eu disse. — Excelente engajamento, mestre, parabéns.

— É — disse o mestre.

Eu já sabia o que estava por vir. A brisa noturna soprava. As luzes já tinham se apagado, só as telas iluminavam o quarto bagunçado com nanodiscos.

— Graças às tretas nas caixas de comentários, o senhor vem conseguindo ultrapassar as dez mil flechinhas nas Postagens. O mestre deve estar bem feliz com a sua ascensão. Parabéns, mestre.

— Não — respondeu Joselito, já com os olhos úmidos.

Com uma piscada, todos os monitores desligaram. Joselito andou em direção à cama. Foi tirando a calça e a camiseta. Se deitou no colchão. Ajeitou seu black power para não o amassar muito. Com várias piscadas, embarcou em mais uma noite de lágrimas lamentáveis.

Pelo visto, a realidade não é exatamente a que o mestre queria ver.

"Filho de príncipe, rei quer ser."

— Frase atribuída à Honorável Presidenta Ibualama, durante uma roda de conversa entre anciãs

Quantos personagens de si mesmo você interpretou hoje para ganhar prestígio na rede?

Ketu Três é dividida em treze setores

Ketu Três é uma grande metrópole do Mundo Novo
Uma metrópole de arte, música, filosofia, cultura
Pois foi construída pelos filhos de Oxóssi
Levou muitos anos para ser erguida
Foi construída com matemáticas ancestrais
Com a tecnologia espiritual dos Orixás
Com a inventividade dos filhos de Ogum
Foi feita no chão, em formato circular
Da mesma forma que são circulares
Os espaços ancestrais das aldeias
E no círculo da aldeia
A casa da Matriarca fica no centro
Porque a Mãe é o centro de todas as coisas
A Matriarca de Ketu Três, então, sempre mora no centro
E sempre é a maior sacerdotisa de Oxóssi
A primeira Matriarca de Ketu Três foi uma grande senhora
Uma senhora muito sábia e muito severa
Ela tinha treze filhas e filhos
Treze filhas e filhos orgulhosos e soberbos
Quando a Matriarca foi estabelecida no centro de Ketu Três
Seus treze filhos reclamaram muito
Exigiram territórios para si mesmos
Exigiram ser reconhecidos como donos da cidade
Os treze foram duramente repreendidos pela Matriarca

Na frente de todos os súditos de Ketu Três
A Matriarca lembrou a todo mundo de que aquele conceito de posse
Era uma ideia torta ensinada pelos falecidos alienígenas
Ela declarou que até mesmo seus filhos deveriam respeitar as pessoas
E se portar como verdadeiros filhos de Oxóssi
Provedores da fartura e dos bons conhecimentos
Seus filhos prostraram a cabeça no chão, envergonhados
E não tocaram mais no assunto
Ainda assim, a Matriarca resolveu consultar os Orixás
Foi conversar com seu babalaô de confiança
E realizou as oferendas pedidas
Então, entendeu o que deveria ser feito
E chamou seus treze filhos para conversar
Ficou acertado que Ketu Três seria dividida em treze círculos concêntricos
Irradiados a partir do centro
A Matriarca ordenou que cada um dos seus treze filhos e filhas
Ficaria responsável por cada um dos círculos
Os círculos que mais tarde foram chamados de Setores
Cada filho da Matriarca seria responsável por desenvolver cada Setor
Com seu melhor talento e habilidade
Pois a Matriarca distribuiu os Setores
De acordo com as qualidades de cada um
O Setor 1, nas extremidades da cidade, ficou com o filho com a melhores habilidades de luta
Para defender as fronteiras
Enquanto a filha com as melhores habilidades artísticas ficou com o Setor 10
O distrito das artes

E assim por diante
A Matriarca permaneceu no centro
E sua morada foi chamada de Setor 13
Foi assim que Ketu Três foi dividida em treze setores
Ketu Três é a cidade dos treze círculos
Ketu Três é a cidade dos treze setores
Ketu Três é a cidade dos filhos de Oxóssi.

O nome dele é Joselito Abimbola

Ajoelhado nas profundezas da floresta, o príncipe Logun Edé, filho da Rainha e do Rei, admirava-se no espelho ondulante que é o lago. Ele sabe que é mais belo que as estrelas refletidas nas águas. Filho dos mais belos Orixás, ele é a própria beleza...

— Bicho, bicho meu... Existe alguém mais maravilhoso do que eu?

Pergunto outra vez: qual foi a última vez em que você olhou para si mesmo?

Muitas vezes me pergunto por que meu mestre se deu ao trabalho de me dar um nome se ele só me chama de "bicho".

Numa manhã ensolarada de *Ojo-Bo*, naquele banheiro úmido, minúsculo, tomado pelo perfume Essência da Flecha-Espelho, Joselito Abimbola olhava para si mesmo sem conseguir prestar a menor atenção. Percebia apenas a superfície: um jovem melaninado, pele marrom-dourada, bem mais clara do que ele realmente gostaria; um black power redondo imenso, que não combinava realmente com seu rosto alongado. Mestre Abimbola achava-se todo lindo. Numa terra em que os de pele mais preta é que estão no topo do mundo, um pele marrom-claro tem a ousadia de se proclamar o mais belo de todos. Quem sou eu, um mero bicho, para dizer o contrário?

— Bom dia, meus amados seguidores! — disse o mestre para seu dispositivo de conexão holográfico. — Estamos aqui, mais um dia, para declararmos nosso amor pela vida! Estamos vivos, apesar das maquinações das Corporações! Estamos vivos, apesar dos espíritos malignos que nos rondam! Somos lindos, povo melaninado! Somos peles marrons mais claros, somos peles marrons mais escuros, somos peles pretas! Somos filhos dos Orixás, somos todos maravilhosos! Olhem-se no espelho, admirem-se, orgulhem-se do que são! No próximo vídeo, irei falar da importância de cultivarmos melhor o afeto entre nós...

    O banheiro era realmente pequeno, mal cabia uma pessoa; todo de pedra, as paredes, a pia e o vaso sanitário, um chuveiro de madeira que puxava água do lençol freático que corria nos subterrâneos da cidade. Mestre Abimbola acabou de sair do banho e já estava falando de novo para o dispositivo de conexão:

    — Não me importa que eu esteja aqui descabelado falando com vocês. Eu me mostro, sem medo de críticas. Sou uma beleza natural. Somos naturais. Devemos mostrar isso sempre. Não devemos só nos mostrar depois de ativar nossos aplicativos de maquiagem e retoque. Não faz sentido. Os Orixás nos fizeram assim, naturais. Então, vocês que se escondem atrás do excesso de aprimoramentos, saibam que vocês envergonham os ancestrais. Por que mudar o seu nariz de lugar? Pra que essa modinha hoje de ter três braços? Montão de gente aí com braço extra saindo das costas, da barriga, da testa... Alguém consegue me explicar? Aceite o que você é, seja natural! — falou isso enquanto ajeitava seu cabelo artificialmente colorido em definitivo.

    O apartamento de Joselito Abimbola era uns trinta metros quadrados de espelhos e paredes de madeira. Uma sala, que também era o quarto; a cozinha; um pequeno corredor; o banheiro, um caixote de tão pequeno. Uma residência em tons de marrom e dourado com toques de azul. Às vezes mais azul do que dourado, o mestre mudava constantemente as cores com um aplicativo de temas. Folhas verdes nasciam das paredes e da televisão, que também era de madeira.

Mestre Joselito falava para o dispositivo de conexão, sempre acoplado no braço, antes mesmo de falar com seu pai Logun Edé. Aliás, qual foi a última vez em que falou com seu pai ancestral? O fio de contas azuis e douradas repousava esquecido na mesa de cabeceira.

— Precisamos nos perfumar. Nossos corpos precisam estar cheirosos. Isso é autocuidado. Vocês vacilam demais quando andam desleixados por aí. Nossos corpos são a morada de divindades. Vocês sabem muito bem disso. Vocês deveriam se admirar mais. Quantas vezes vocês disseram o quanto admiram suas companheiras? Não nos envergonhem com suas preguiças de amar. Quem aí tá disposto a abrir um diálogo aberto sobre aromas? Vamos, gente, cola no meu canal, falo mais sobre isso no meu vídeo mais recente...

Após falar com os seguidores pela manhã, finalmente se levantava do colchão. Toda vez parecia que ia ficar para sempre teclando e gravando deitado na cama, mas em algum momento acabava se levantando. Ah, antes também checava as redes de seus rivais: sempre, todas as manhãs, se debatia na cama porque a Larissa Okikiade ainda conseguia muito mais engajamento do que ele.

Quantas vezes? Quanto mais você precisa? Está tentando. Precisa de mais. Precisa demais. Quantas vezes você tenta? Está falando. Por que ninguém está ouvindo? Precisa. Por que ninguém está olhando?

Na cozinha, que era só um corredor com pia e alguns armários, Joselito foi até o refrigerador, uma caixa de madeira cujos fios eram raízes que brotavam da parte traseira, e abriu a portinhola só para descobrir que estava quase sem comida. Pegou um suco de anteontem, comeu um pedaço de maçã murcha, fez uma careta. Em seguida, foi até o armário, pegou frutas modificadas, lustrosas e brilhantes, porém, não comestíveis; colocou-as na mesinha para tirar aquela foto de desjejum matinal. Muitas flechinhas em instantes. Mestre Abimbola sempre salientava a importância de uma alimentação equilibrada e nutritiva.

— Somos filhos de Ketu Três! Somos filhos dos caçadores, filhos da fartura, filhos da realeza! Não permitam que a rotina opressora das Corporações arruínem nossos hábitos ancestrais! Alimentem-se bem, sempre. Vamos cuidar dos nossos corpos, vamos cuidar da morada dos nossos ancestrais! — escreveu ele na legenda da foto.

Mestre Abimbola continuava checando suas redes enquanto juntava frutas modificadas com outras tantas que armazenava em suas caixas de objetos e apetrechos para fotos bonitas. Foi mordiscando sua maçã murcha mesmo com seu estômago resmungando por algo mais substancial, só que os seguidores do mestre não podiam esperar, era hora do Joselito Abimbola dar seu pronunciamento na sacada de seu apartamento, durante as primeiras horas de sol do dia.

— Agora que nós nos alimentamos adequadamente, devemos falar sobre nos relacionar. Como nos ensina a grande sacerdotisa de Mãe Oxum, Edvalda Olubunmi, o afeto é um rio que corre no fundo de nossas almas. Que tipo de afetos vocês estão construindo pra vocês mesmos? Vocês estão realmente ouvindo a canção desse rio chamado afeto? Precisamos estar mais atentos a nós mesmos. Gostaria de pedir licença para também realizar alguns questionamentos. Será mesmo que um filho marrom-realeza não pode se relacionar com um pele preta-dendê? Por que às vezes focamos nessa questão da suposta incompatibilidade dos nossos ancestrais? Que tipo de relações setoriais estamos construindo pra nós mesmos? O que as senhoras *emi ejé* pensam a respeito? Vocês precisam responder isso. E quando vocês usam seus poderes psíquicos para remexer com os sentimentos alheios? Precisamos falar de responsabilidade ancestreafetiva... Vejam o texto completo no post central da alimentação! Aproveitem e apreciem essa linda vista!

Ah, a vista do apartamento do senhor Joselito Abimbola, no Setor 8 da Rua Treze, era mesmo bonita: um mar de casas, sobrados e prédios, tomados por raízes de árvores, repletos de folhas verdes que se misturavam com as cores vivas das paredes, principalmente vermelho, preto, verde e amarelo. Um monte de gente crespa e cacheada na rua, peles marrons de vários tons, alguns peles pretas. Pessoas voando ao lado dos carros, deslizando no ar, esvoaçando ao vento. Muitas eram acompanhadas de bichos como eu, pareciam felizes ao lado de seus mestres. O adjetivo "bonito" era algo redundante em se tratando de Ketu Três.

Após seu importante pronunciamento, o mestre se levantou e foi ficar de pé diante da parede-espelho da sala. Ficou ali se olhando de cima a baixo, contemplando o corpo magro e mal alimentado; o rosto cansado após mais uma noite ansiosa teclando muito nas redes sobrenaturais. Acionou, então, o aplicativo Majestade 7. Em segundos, ganhou uma maquiagem no rosto e purpurina no resto do corpo, tudo azul e dourado; os fios do black power foram ao limite, fazendo parecer muito maior do que realmente era. Nem precisou passar secador para acentuar o efeito. Depois de se arrumar, voltou até a sala e iniciou uma chamada ao vivo no dispositivo de conexão, para mais um pronunciamento super pertinente para seus fiéis seguidores:

— Somos lindos. É sempre importante frisar isso. Contemplem os próprios traços de descendentes do Continente. Somos lindos. Somos filhos dos Orixás. Somos seres extraordinários! Todos nós! — declarou ele, olhando fixamente para a própria imagem.

Você tem noção realmente? Sobre o que você está falando?

O mestre continuava olhando para a tela imaginária do seu dispositivo de conexão holográfico. O que estaria pensando?

O que você está fazendo?

— Tô checando as redes sobrenaturais dos meus rivais — disse Joselito Abimbola, de repente.

— O quê? — me sobressaltei.

— É pra traçar as melhores estratégias!

— Mas eu não perguntei nada pro senhor — eu disse. — Por que tá se justificando?

— Vamos ver o que a Valentina anda aprontando! — disse ele, simplesmente.

Valentina Adebusoye
08h43
Tem gente aí falando sobre afetividade, mas anda marmotando quando ninguém tá olhando. Vocês não têm noção, sabe? Chorei muito quando vi todo mundo batendo palma pra esse sujeito. Como é que um cara que se diz artista faz uma coisa dessas? Estou falando do Hammond Igbo! Um pele preta-realeza desses! Eu, que também sou uma preta-realeza, acho um absurdo! Então, exponho mesmo! Toda hora isso, os pele realeza

falam bonito, mas só vacilam! Farta de vocês repetindo a mesma coisa, sabe? Enfim. Aproveitando... Minhas tristezas ao que aconteceu no Setor 10. Triste demais. Muita gente querendo se promover com isso, acho triste também! Ninguém pensa em que se machucou! Não pensam em quem se assustou com tudo aquilo! Parem, então, de tentar se promover! Tudo isso porque vocês fingem que não veem a questão emi ejé. Ficam só bajulando, mas não se movem! Não falam nada! Ninguém quer falar sobre a questão dos emi ejé selvagens! Isso precisa ser debatido! Triste! Estou farta de vocês repetindo a mesma coisa e ignorando o que é importante, sabe? 6.068 flechinhas e aumentando...

— Essa menina, doida pra aparecer, tem muito o que aprender — resmungou Joselito.

— Mas o senhor tá saindo com ela, não? — perguntei ao mestre.

— Tô — respondeu o mestre, sem tirar os olhos do dispositivo de conexão.

— Se tá saindo com ela, então tem afeto e carinho por ela, certo?

— Não.

— Não sente nada por essa moça chamada Valentina?

— Não.

— Então... por que vocês trocam carícias? Por que vocês se beijam? Por que vocês...

— Nada a ver — o mestre interrompeu. — Você é um bicho. Não entende nada de emoções humanas.

O mestre, então, voltou a se distrair na tela imaginária do dispositivo de conexão. Foi passando pelos posts rapidamente, já que era capaz de absorvê-los e codificá-los na sua mente quase que imediatamente, devido à natureza de seus dons sobrenaturais. Eu não conseguia acompanhar com a rapidez do mestre, mas sabia reconhecer os rostos e nomes dos colegas influenciadores. Em alguns perfis o mestre se detinha para ler o post com um pouco mais de atenção, mas a maioria ele simplesmente passava direito. Porém, sobre um desses posts que ele passou, eu fui indagar:

— Mestre, esse aí não é o seu colega, o Miguel Ibikeye?

— Ele não é meu colega — respondeu o mestre sem tirar os olhos da tela.

— Mas o senhor disse que acha ele inteligente, não disse?

— Não lembro disso.

— Eu lembro, foi no lançamento do livro dele. Vocês trocaram bênçãos, o senhor o elogiou pessoalmente.

— Ok.

— Por que o senhor não vai ler o post dele dessa vez?

— Porque ele é irrelevante. É só um escritor.

O mestre, então, continuou explorando a tela do dispositivo de conexão.

"O nome dele é Joselito Abimbola", foi a primeira frase que ouvi quando fui entregue ao mestre, anos atrás, pela mãe dele. Senhora Eunice Abimbola, saudades. Lembro do quanto ela me falou sobre seu filho antes de me presentear para ele. Quando o menino Joselito nasceu, foi uma grande alegria para todo mundo, era o terceiro garoto da família. A irmã dela, Marina, havia tido seu bebê uns três anos antes, estavam todos ansiosos pela criança da senhora Eunice. A jovem Eunice tinha acabado de se casar com Eustáquio, da família Arolê, o qual, por coincidência, era irmão do esposo de sua irmã, José Arolê.

— Meu menino Joselito era ainda mais bonito que o meu

sobrinho João — disse-me a senhora Eunice, à época. — Eu invejava a minha irmã, que teve filho com tanta facilidade, enquanto eu tive meus... problemas. Mas valeu a pena! Meu filho nasceu brilhando, todo mundo ficou impressionado! Eu mereço isso. Meu filho é o mais belo da nossa família! Meu filho será o melhor de todos. Da mesma forma que eu sou a melhor naquilo que faço, ele também será o melhor! "Ele será o melhor sim", pensei, "o melhor em se distrair com bobagens".

 Olha só, o mestre, de novo, lendo, em voz alta, mais uma postagem dessas qualquer da rede.

> Aluísio Adunke
> 09h04
> Um grande bom dia para todas as mulheres de Ketu Três! Essas mulheres brilhantes, lindas, maravilhosas! Espetaculares! Rainhas! Um grande bom dia para todas as peles pretas da realeza, grandes líderes! Um grande bom dia para todas as peles marrons da sociedade, grandes guerreiras! Um grande bom dia para as peles marrom-claras da comunidade, grandes batalhadoras! Bom dia para as rainhas do Mundo Novo! Meu muito grande bom dia!
> Ah... gostaria de deixar a minha nota de repúdio pelo que aconteceu no Setor 10. Depois vou debater sobre. Precisamos falar sobre isso! Meu grande bom dia para todo mundo que também está indignado!
> 1.956 flechinhas e parando...

 — Amador... — disse o mestre Abimbola. Frequentemente me pergunto se o mestre resmunga sobre seus rivais ou sobre si mesmo.

 — O que esse rapaz escreveu é tão diferente do que o que senhor posta? — perguntei

 — É sim — respondeu o mestre. — Eu tenho classe e ele não.

— Entendi.

— Somente eu posso ser o centro da alimentação. Somente eu.

— Entendi, mestre. O senhor será o melhor de todos.

—Lógico que serei.

> *Logun Edé, o príncipe da floresta, usava o lago para observar seus adversários. Ele queria ser o maior dos caçadores, até mesmo que seu pai, Oxóssi.*

"O nome dele é Joselito Abimbola", a senhora Eunice havia dito. Ela, que era uma cozinheira renomada, não era, de verdade, a melhor no que fazia, apesar do alarde, mas era, sem dúvidas, uma artista da cozinha, muito respeitada na sociedade. Afinal, cozinheiras possuem grande prestígio em Ketu Três. Os pratos da Cozinheira Eunice de Oxum eram requisitados até mesmo por alguns do alto escalão do Setor 11.

— Meu filho vai ser o melhor, que nem eu sou — disse ela para mim, em particular, antes de me apresentar ao seu garoto. — Por isso... você vai cuidar dele! Você estará sempre com ele, ao lado dele, vigiando-o! Sempre!

Eu, com toda a minha timidez, só concordei com gestos. Ainda era nova nesse negócio de falar e interagir.

— Você não pode permitir que descubram que ele... — a senhora Eunice continuou dizendo. — Se as Corporações descobrirem que o meu Joselito é capaz de... Você e ele, juntos, vão dar um jeito de não deixar isso acontecer!

Naquele dia, estávamos na residência da senhora Eunice Abimbola, num subúrbio do Setor 4, uma residência tradicional de barro sintético, circular, falando a portas fechadas, na sala, diante da grande televisão oval, desligada. Estava tudo desligado.

A senhora Eunice, uma mulher gorda, pele marrom-areia, cabelos cacheados e volumosos, olhava para mim com seus grandes olhos, e eu abaixava minha cabeça, tímida. Apesar de não ser uma pele preta, era considerada uma humana muito bonita. Se bem que eu não entendo essas hierarquizações humanas. Enfim. Lembro que naquele dia queria muito saber do que o menino era capaz, sobre o que era para nós guardarmos segredo, queria ver o meu futuro mestre!

E foi aí que ele apareceu.

Nunca me senti tão ridícula. O garoto tinha aparecido assim, de repente, no colo da mãe. O susto foi tão grande que fiquei no ar, me debatendo, feito uma palerma, enquanto o menino ficava rindo da minha cara.

— Um bicho! — gargalhava ele com sua vozinha infantil.
— Um bicho engraçado!

— Esqueci meu dispositivo de conexão ligado... — disse a senhora Eunice, se referindo ao pequeno aparelho que piscava em cima da mesa, um velho modelo, desses de forma retangular, que as pessoas têm de segurar com a mão. Enquanto o menino Abimbola dava piruetas pelo ar, sumindo e aparecendo, tentando me alcançar. Eu fugia dele, toda assustada, a senhora Eunice meneava com a cabeça.

> *O príncipe Logun Edé morava no lago nas profundezas da floresta. Todos os lagos eram o seu lar. Ele se jogava num lago e saía num outro lago do outro lado da mata. Todos os lagos eram seu lar, porque os rios eram a sua mãe, a Rainha Oxum.*

Havia se passado mais de três horas e o mestre continuava na sacada, sentado na sua cadeira de palha, checando o dispositivo de conexão holográfico. Continuava ignorando tudo ao redor, apesar da vista.

— Bicho! — exclamou meu mestre, num tom que eu conhecia bem. — Olha isso aqui, olha!

— É ela de novo, não é, mestre?

— Vem ver, bicho!

— Por que o senhor ainda faz isso consigo mesmo?

— É sério, bicho! — insistia ele. — Dessa vez é muito sério!

Fomos, então, ver o que havia dito a pessoa preferida do mestre Abimbola.

Larissa Okikiade
12h03
Acho impressionante. É de uma violência absurda. A questão setorial precisa ser discutida, mas vocês ignoram. O que aconteceu no Setor 10 é um reflexo do tempo em que vivemos. Aquela menina é uma emi ejé selvagem. Vocês sabiam disso? Então, estou dizendo. Até quando vão fechar os olhos para essa questão? Até quando as Casas Empresariais vão permanecer em silêncio? Os emi ejé selvagens são uma realidade. Não são peles pretas, são peles marrons. O que vocês fazem a respeito? Quantas crianças foram raptadas de seus lares? Quantas crianças não são espancadas e mortas pelos seus próprios pais? Vendidas como se fossem objetos descartáveis para as Corporações? Absurdo! Vocês têm coragem de se considerar filhos dos Orixás agindo dessa forma? Os ancestrais estão de olho! Não é brincadeira. Os emi ejé são herdeiros dos poderes cósmicos dos Orixás. Então, por que vocês tratam assim os selvagens? Não só de peles pretas vive Ketu Três! As elites são representantes dos nossos ancestrais? Certamente. Então, por que fecham os olhos para essas

questões? Por que ignoram os emi ejé que nascem fora do berço da elite? Absurdo! Vocês só querem saber de aparecer, de ficar em intrigas, falando mal uns dos outros. Temos responsabilidades. O que aconteceu no Setor 10 é lamentável! Ainda bem que ninguém morreu. E se tivessem ocorrido mortes de pessoas? Aliás, quantas árvores foram destruídas? Nosso pai Iroko com certeza está irado! Quantas árvores e plantas foram destruídos nessa insensatez? Vocês se ajoelham perante os emi ejé da pele preta, da elite, mas violentam e silenciam os selvagens, os peles marrons, principalmente os mais claros. Sei do que estou falando, afinal, eu estudei. Sou formada em Pensamentismo. Os ancestrais estão de olho. Absurdo!
50.529 flechinhas e aumentando rapidamente...

— De novo! — berrou o mestre. — Essa desgraçada de novo! Como ela consegue? Por que as pessoas dão tanta atenção a essa imbecil??

— Mestre Abimbola — tentei dizer. — Por que o senhor ainda se surpreende?

— Por quê? Como assim? Ela é marmoteira! Marmoteira! Como que você não se revolta?

— Me revoltar com o que, senhor? — perguntei. — Ela não tá só vivendo a vida dela?

— Você não entende a minha dor! — ele declarou. — Ninguém entende! Não dá! Ela! Porque ela! Não acrescenta! Você não! Olha! Marmota! Porque!

Porque ela é melhor que você. Porque ela se empenha mais do que você. Porque ela merece mais do que você. Porque você é que é o marmoteiro. Você é que é um imbecil. Nunca será nada. Nunca será o melhor. Sua mãe confiou em você para ser o melhor de todos. Você é só um lixo desses qualquer. Um marmoteiro. Você não significa nada. Nada.

De repente, o mestre se jogou no carpete de oncinha. Só me restava rir. Rir muito. Era hilário ver o senhor Abimbola no chão, se debatendo, se balançando feito criança. Não, nem uma criança humana faz isso. Nunca vi. Um chilique ridículo, teatral. Se debatia, arrancava os próprios cabelos, arruinava a maquiagem. Aí começou a dar cambalhotas. Gritou. Esbravejou com pessoas imaginárias, derrubou livros e nanodiscos da Adeyonce. Ridículo demais. Só me restava rir muito. Eu já ia tirar um sarro do meu querido mestre, mais uma vez... Até que olhei para a tela da televisão que, naquele momento, estava conectada à rede sobrenatural, mostrando o perfil social do senhor Joselito Abimbola.

Você é... Espera. O que. Seu. Você. Imbecil. O que você. Não pode. O que você. Pensa que. Está fazendo?

Eu estava no ar. Quase fui do ar para o chão, durinha que nem um bicho morto. Infelizmente, me distraí. O mestre, espumando de raiva mais uma vez por causa da Larissa Okikiade, me fez subestimá-lo. Apesar de ele ter lido milhares de posts naquelas três horas que se passaram, repletos das bobagens de sempre, eu estava atenta. Sempre estive. Afinal, tinha que cumprir a promessa feita a minha senhora, dona Eunice Abimbola. Eu jamais deixaria que dessem sumiço no seu menino Joselito, que nem aconteceu com seu sobrinho.

Porém, enquanto o mestre se debatia, me distraí rindo daquela cena ridícula. Enquanto dava aquele show, ele tinha usado seus poderes sobrenaturais e o seguinte *textão* foi postado nos seus perfis da rede:

Joselito Abimbola
12h18
Não preciso dizer nada sobre o Setor 10. Eu estava lá, vocês viram. Não preciso dizer sobre a questão dos emi ejé selvagens. Eu sou a questão. Em vez de repetir abobrinhas, quero falar de algo mais importante. Peço licença aos ancestrais. Quero denunciar o coletivo de terreiros empresariais, que são as Corporações, por crimes hediondos contra a humanidade. Crimes hediondos contra a ancestralidade. Quero denunciar que as Corporações mantinham um laboratório clandestino do Centro de Estudos Avançados Gertrudes Oludolamu, no Setor 7 da Rua Treze. Tal laboratório era palco de experiências abjetas. É demais para descrever. Vejam vocês mesmos nas fotos abaixo. Isso mesmo. Estou tão enojado quantos vocês. Reparem bem. Entre tantas atrocidades, a mais execrável, na minha opinião, são os cérebros em jarras. Sim, cérebros, vocês não estão vendo errado. São imagens fortes demais, me desculpem. Também tive vontade de vomitar o meu almoço. Cérebros em jarras, alimentando máquinas. Cérebros movendo psiborgues. Trata-se de uma deturpação total da nossa sagrada tecnologia espiritual. Cérebros alimentando máquinas, alimentando golens de combate. Vejam o vídeo junto das fotos. Vejam o valente caçador cibernético que entrou no laboratório para dar fim a tudo isso. Pois bem. Sabem de onde vêm esses cérebros. De pessoas. Logicamente. Mas, que tipo de pessoas? Emi ejé. Isso mesmo! Cérebros de seres humanos com poderes paranormais. Seres humanos que herdaram os dons dos Orixás. Pois é. Mas, pensam que são cérebros

de gente da elite? Lógico que não! São cérebros de... emi ejé selvagens. Sim. Quem são os selvagens? São pessoas como eu e você. Peles marrons dos tons mais claros em sua maioria. Pessoas de linhagem comum que nascem emi ejé. Sim! Pessoas do povo, da comunidade, assassinadas e transformadas em coisas. Os ancestrais, com absoluta certeza, estão irados. Poderia ter sido eu. Sim. Aproveito para revelar: eu, pessoa melaninada, pele marrom-dourado, de tonalidade mais clara, nascido e criado no Setor 4, sou um emi ejé selvagem. Estou denunciando as Corporações e as Mães Diretoras responsáveis. Podem me procurar. Sou pescador, escritor e pesquisador. Sou um emi ejé de pele marrom-clara. Meu nome é Joselito Abimbola.

O mestre Abimbola havia usado seus poderes sobrenaturais e eu não havia percebido. Fiquei pensando que devia muitas desculpas à senhora Eunice. Me descuidei...

Você tem noção do que acaba de fazer?

Olhei para a tela de novo. Havia passado meia hora desde que o textão fora postado. Mais de 100.000 flechinhas nesse meio tempo. 100.000. Em meia hora. Trilhões de comentários.

Trilhões de pessoas se matando na caixa de comentários! Trilhões de novos espíritos malignos nas redes sobrenaturais! É isso que você quer?

— Mestre... — tentei dizer, mas não conseguia dizer nada.
Fiquei olhando para as janelas. Meia hora já tinha se passado, ainda não haviam aparecido os caçadores das Corporações para nos matar. Iriam vir? Quando? Por que demoravam tanto? Apareceria

alguma entidade maligna da rede para nos devorar? Que fim terrível nós teríamos por ousar expor as próprias Corporações? Quando que ele gravou aquele vídeo? Por que eu não estava por perto? O que seria do mestre Abimbola por ousar expor a si mesmo como um *emi ejé* rebelde e ilegal? Ele seria sequestrado, brutalizado e traumatizado como foi seu primo, João Arolê? Ou seria só assassinado? Eu tremia... me desculpa, dona Eunice! Eu falhei!

    Esperei por minutos que pareceram horas. Esperei. Os caçadores não vieram. Nada aconteceu. Era questão de tempo, questão de tempo! Pelas barbas de Pai Oxalá...

    O que. Você. Fez? Você quer acabar com todas as pessoas da cidade? Você quer acabar com você mesmo?

    Olhei, então, para o mestre. Estava ainda no chão, sem camisa, de ceroulas. Estava exausto, suava muito. É o que acontece quando se abusa dos seus dons. Ainda assim, tinha forças para checar o engajamento na própria postagem.

    — Então... — tentei falar outra vez. — É isso o que o senhor quer? Por todos os meios necessários?

    Joselito Abimbola se virou para mim. Me respondeu apenas com um largo sorriso.

    O príncipe Logun Edé, senhor do lago, bruxo da floresta, era acometido por uma soberba, uma arrogância tamanha, que mal cabia dentro de si. Tal qual seu pai e sua mãe, o Rei Oxóssi e a Rainha Oxum.

Eu sou da cor da terra do lago
Eu sou o feitiço de cor azul e dourada
Eu sou a soberba de várias cores sem fim

Os peles marrons *são subjugados pelos peles pretas de Ketu Três*

O Mundo Novo é o lar do povo melaninado
Lar dos descendentes do Continente
O povo melaninado é tão formidável quanto diverso
Diverso em seus muitos tons de preto e marrom
Diverso em suas formas, saberes e valores
Suas peles pretas e marrons refletem a divindade dos Orixás
Suas peles melaninadas são reflexo do próprio universo
Os filhos de Oxóssi são peles pretas-realeza ou marrons-realeza
Cujo tom reflete a majestade do céu e do brilho das estrelas
Os filhos de Oxum são peles pretas-dourada ou marrons-dourada
Cujo tom reflete o ouro do qual suas almas são feitas
Os filhos de Xangô e Oiá são peles pretas-dendê ou marrons-dendê
Cujo tom reflete o fogo vermelho que queima em seus corações
E assim por diante
São muitos os tons de melanina dos filhos dos Orixás
E os que têm mais melanina são os líderes naturais
Quanto mais melanina, mais próximo da divindade
Por isso que a maioria dos peles pretas são *emi ejé*, os de sangue espiritual
Por isso que a maioria dos peles marrons são *emi uopó*, os de sangue comum
Mesmo após os alienígenas, essa hierarquia se manteve em Ketu Três

Alguns peles marrons, às vezes, tentam se rebelar
E são sempre subjugados pelos peles pretas
Nenhum sangue comum consegue sobrepujar o poder do sangue dos espíritos
Por isso que os peles pretas são a realeza da cidade
Por isso que os peles marrons são a população.

A caçadora de emoções

Como foi quando a celebridade das redes sobrenaturais, Larissa Okikiade, e meu mestre, Joselito Abimbola, se encontraram pela primeira vez?

Jazz. Estávamos ouvindo jazz quando aconteceu. Eu me lembro. Joana Omojola, a maior artista de jazz de todos os tempos, música clássica, estava tocando na ocasião, uns cinco anos atrás.

Foi num evento desses qualquer, "Debates contemporâneos sobre afetividades setoriais e relações de poder num mundo anticomum" ou algo assim. Para tão importante debate, foram convocados alguns vlogueiros proeminentes à época, e o mestre Abimbola, por algum acaso inexplicável, foi um dos convidados.

Quando recebeu esse convite, o mestre ainda morava no Setor 4. Na ocasião, ele exclamou:

— B-bicho!

— Bicho é o seu pai! — exclamei de volta. Estava quieta, fazendo a minha unha. — Não me assusta assim!

— Eu... consegui!

— Conseguiu ser mais idiota?

— Meu reinado tá pra começar finalmente!

— É, ficou mais idiota...

— Vou me encontrar com a rainha!

Tentei voltar a me concentrar no que estava fazendo, mas era impossível deixar de ver aquele moleque dando cambalhotas no ar, sumindo e desaparecendo, chorando, todo emocionado.

Até o dia do tal evento, o mestre ficou sorrindo o tempo todo. Não parava de sorrir nem quando comia ou dormia, as pessoas davam gargalhadinhas quando o viam passar com aquele sorriso estúpido. Ele fingia ao máximo não se importar. Eu só tampava meu rosto, enquanto pegávamos o Velho Trem Fantasma para ir ao local do evento.

— Bicho, bicho, bicho... — balbuciava o mestre. — Meu trabalho tá sendo reconhecido!

— O senhor já disse isso umas cem vezes — disse eu.

— Não sei lidar, não sei lidar, não sei lidar...

— Para de ficar repetindo esses bordões! — exclamei. Nem parecia que eu era subordinada àquele rapazinho.

Ainda hoje, o Velho Trem Fantasma é uma coisa enorme e barulhenta, feita de madeira e metal, que transporta muitas e muitas pessoas todos os dias. O barulho rangente, na verdade, são os resmungos do velho fantasma cuja energia eletromagnética faz o trem se mover. Sons constantes, graves, irritantes, como se fosse um idoso mascando a própria língua entre os dentes. Só que esses dentes eram as engrenagens do trem. Apesar de todos já estarem acostumados, é realmente muito incômodo... E, ainda assim, a empolgação do mestre a caminho do tal evento foi mais irritante ainda!

— Vou encontrar a rainha! Vou encontrar a rainha das redes! Não sei lidar, não sei lidar, não sei lidar...

— Cala essa boca, moleque! — cuspiu uma idosa, que certamente falou por todos na condução.

Quando descemos na Estação Joia, no Setor 5, subimos muitas escadas de pedra e madeira, passando por pessoas que não conseguiam deixar de olhar o sorriso do mestre. Ele se tremia todo, estava praticamente chorando de ansiedade.

— Vou encontrar a rainha, vou encontrar a rainha, vou... Não tô com as roupas certas, vão rir da minha cara, meu pai Logun Edé, me ajuda...

Naquela época, o mestre se vestia de forma bem mais discreta: camiseta simples, calça jeans de cor verde, cabelo crespo curto, cor natural... Ninguém dava a mínima, só ele mesmo. Após muitas escadas, algumas ruas e de quase sermos atropelados por um carro devido à distração emocionada do mestre, finalmente chegamos ao local do evento, Colégio Agboola, e quem ficou boquiaberta dessa vez fui eu.

O Colégio Agboola, no Setor 5, era chamado de "Joia do Subúrbio", e logo entendi o motivo. Eu nunca tinha visto nada igual. Uma construção enorme, toda arredondada, paredes de barro ancestral, colunas de bronze, corredores intermináveis, feita nos moldes dos palácios do Mundo Original. Realmente uma joia. As alunas e alunos desse lugar pareciam ser os mais capacitados de todos, só a nata intelectual e espiritual dos Setores mais populares.

— O sonho da minha mãe era que eu estudasse nessa escola! — disse o mestre, enquanto passávamos pelos portões. — Aqui é impressionante mesmo!

— É... — suspirei eu, enquanto o mestre registrava tudo com seu tábua-livro arcaico, gravando e postando fotos.

O menino Abimbola nunca conseguiu ser aprovado para ingressar. Não sei dizer se é porque o teste era muito difícil ou porque o moleque se desperdiçava demais nas redes. Provavelmente ambos.

— Olha essas paredes! — exclamava o mestre, olhando para todos os lados enquanto andávamos pelos corredores. — Paredes de barro ancestral! Que maravilha! Olha esses pilares! Bicho, olha essas artes esculpidas nas colunas! Olha! Computadores feitos com madeira de lei! Parece até que a gente tá num Centro de Estudos lá do Continente! Olha, olha! Que escola bonitona!

É difícil acreditar que hoje essa escola bonitona não existe mais. Parece que foi destruída num combate envolvendo terroristas e monstros. Parece que teve algo a ver com a menina marrom que destruiu o Setor 10... Enfim.

Após um zilhão de corredores e um quatrilhão de expressões eufóricas, finalmente tínhamos chegado às portas do saguão onde ocorreria a tal mesa de debate. As mãos do mestre tremiam tanto que tive de ser eu a abrir a porta...

Naquele dia ensolarado, cinco anos atrás, em um dos muitos auditórios do Colégio Agboola, diante de um montão de alunos e professores, ocorreu o primeiro encontro entre o Joselito Abimbola e a Larissa Okikiade. O auditório era uma abóbada enorme, toda coberta, climatizada, deviam caber umas trezentas pessoas... e havia muito mais do que isso naquele dia. Alunas e alunos, sentadinhos nas cadeiras de palha, na arena em forma de círculo, todos de olho para o palco no centro.

Logun Edé foi visitar seu pai Oxóssi na floresta. A cada seis meses no ano, Logun Edé acompanha seu pai, nas profundezas da mata, para caçar. Para buscar e trazer conhecimento. Junto com seu pai Oxóssi, Logun Edé se tornava um dos mestres do conhecimento, responsável por espalhar a fartura de dados para que todos tomassem ciência.

Quando os quatro convidados foram chamados por seus nomes, se dirigiram até o centro do círculo e se sentaram. O mestre Joselito se tremeu todo quando seu nome foi anunciado.

— Bi-bicho... — o mestre olhou para mim.

— O que o senhor quer que eu faça? — perguntei. — Que eu vá no seu lugar?

— Só ia pedir pra você me desejar boa sorte...

— "Boa sorte, senhor" — eu disse, mecanicamente. — "Vai dar tudo certo".

— Obrigado! — respondeu ele, genuinamente feliz. — Agora tô mais tranquilo!

Até sinto saudades da empolgação genuína do mestre de anos atrás.

Acomodaram-se todos, então, no centro do palco, imersos no ar fresco de um climatizador de ponta, sob os olhares de mais de trezentos alunos do Colégio Agboola. O mestre Joselito se encolhia na cadeira, fervendo de timidez, a mesma timidez aguda que hoje ele tenta esconder fingindo ser expansivo. De longe o vi tentando falar com sua rainha, a renomada pensamentista Larissa Okikiade, mas ele só conseguia tremer e sussurrar sem voz. Então, enquanto ainda não começava o tal debate, para a minha surpresa, quem tomou a iniciativa de trocar palavras foi ela, que colocou a mão no ombro do mestre, e disse:

— Olá!

Percebi o esforço extraordinário que o mestre fez para não dar um pulo da cadeira.

— O-oi! — respondeu ele, com o máximo de dignidade possível.

— Fique tranquilo... — disse ela, sorrindo.

— E-estou tranquilo! — mentiu o mestre.

— Você tá entre amigos — ela disse. — Será um bate-papo tranquilo. Encare como uma conversa normal...

— Sim! Uma conversa super-normal!

— Hum, qual o seu nome mesmo? — Okikiade perguntou.

— É-é Abimbola, senhora! — respondeu ele, todo atabalhoado. — Joselito Abimbola...

— Ah! — ela exclamou. — Você é o jovem pescador!

— A-a senhora sabe quem eu sou?

— Lógico! Você posta aquelas fotos maravilhosas de peixes! Fala sobre como preparar os melhores peixes. De verdade, gosto muito do seu canal, aprendo muito com você. Parabéns pelo trabalho!

— O-obrigado! — a essa altura, o mestre já respondia falando alto, fingindo estar à vontade, tremendo de ansiedade, suando de emoção. — Admiro demais o seu trabalho! Ebomi, a senhora é uma inspiração para todos nós!

— Eu realmente sou uma Ebomi de Oxóssi, mas não precisa me chamar de senhora, pode me chamar de Larissa mesmo.

— Pode deixar, senhora Larissa! Quero dizer, Okikiade! Ebomi! Er...

Lembro que a senhora Larissa não tinha me chamado atenção naquele dia. Era só uma mulher magra dessas qualquer. Até que senti seu cheiro. Perfume sutil. Penetrante. Essência de folhas maceradas. Odor doce, certeiro, eficiente. Então, como eu não havia reparado? Ela era *muito* elegante. Rosto alongado, olhos de caçadora. Black power todo recortado. Lábios azuis. Fio de contas de Pai Oxóssi. Vestia um macacão colorido, cores geométricas. Pele marrom-realeza que lembrava o brilho das estrelas... Ela cintilava. Consegui entender por que o mestre a venerava tanto. Tão simpática, tão atenciosa, tratou o mestre com tanta doçura... Fiquei impressionada, admito. Era a pensamentista Okikiade, sentada ereta em sua cadeira de palha, no centro da arena; todos os olhares estavam voltados para ela, enquanto a senhora celebridade sorria para todos de volta. Ouvi dizer que os filhos de Oxóssi são os mais charmosos de todos, mais do que quaisquer outros filhos dos Orixás. O carisma daquela mulher era o maior que eu já tinha encontrado, era impossível não gostar dela à primeira vista.

Um sino foi tocado. Todo mundo ficou quieto. Mestre Abimbola suava frio. As outras duas pessoas, um homem e uma mulher, pareciam igualmente tensos, embora disfarçassem melhor. Larissa Okikiade simplesmente checava suas redes no seu dispositivo de conexão holográfico. Eu só ouvia o jazz que emanava das caixas de som. Melodia azul, suave, encantadora. Jazz de Joana Omojola, a maior de todos os tempos. Isso sim era música erudita.

A mediadora era uma funcionária da escola: uma jovem com topete crespo redondo, vestido colorido, óculos quadrados, um sorriso afetado cada vez que se dirigia à senhora Okikiade, por quem se derretia. Foram divulgados os nomes do mestre Joselito, que se encolheu ainda mais na cadeira, gaguejando até para falar um simples "oi", do homem e da mulher que, então, se apresentaram:

— Olá, sou Valéria Adewunmi, escritora, cantora, dançarina, dermatologista e produtora de conteúdo do site "Pele palha é orgulho e resistência", muito obrigada pelo convite.

— Boa tarde, me chamo Ricardo Olatemina, sou pulador de corda, comedorista, barítono e formador de opinião do site "Respeite a minha magreza, sou gente também".

Ela era uma pele marrom-palha, gorda, dreads, vestia macacão amarelo; enquanto ele era um pele marrom-ferro, magricelo, black power, vestia camisa e calça azuis. Eram vlogueiros com alguma expressão na época, pelo menos era o que diziam.

Finalmente começou o tal debate. A senhora Larissa Okikiade foi a primeira a falar:

— Boa noite a todas e todos. Pai Odé nos abençoe. Somos filhas e filhos de Ketu Três, a Cidade das Alturas. Somos os sonhos dos nossos ancestrais. Eu não tenho palavras para descrever a emoção que é estar aqui com vocês. Nossas relações se dão assim, naturalmente. Tô aqui porque vocês estão. Somos uma comunidade. Somos irmãs e irmãos! Amo muito todos vocês. Eu sei do que tô falando. Certo. Então, as relações setoriais não devem ser tratadas como assunto menor. São questões pertinentes a nossa comunidade. As pessoas dos diferentes Setores deveriam poder se relacionar livremente. Nós, peles marrons, somos livres. É inadmissível que sejamos tratados de forma diferente. As relações de poder nos submetem aos caprichos e desmandos daqueles que deveriam nos guiar pro futuro de acordo com os desígnios dos ancestrais. Infelizmente, sofremos sérias opressões na conjectura do plano geral. Não é isso que os antepassados prepararam para nós. Eu sou Larissa Okikiade, pensamentista formada, estudo sobre o assunto. Sou pesquisadora. Eu sei.

Estava silêncio. Entao, começou uma palma. Virou uma avalanche de aplausos... Jovens saltavam aos montes, desesperados, tentando aparecer para a grande pensamentista. Dispositivos de conexão holográficos brilhavam e se expandiam em forma de telões, para mostrar a todos que haviam testemunhado o pronunciamento mais importante de todos os tempos. Toda a arena parecia tremer perante tantas mãos batendo. Tentei me esconder debaixo dos braços do mestre... mas, quando olhei para ele, estava no chão, babando, olhos vidrados, num êxtase tão profundo que parecia estar meditando em gozo num elevado plano de existência. Então, olhei para a mediadora: ela havia se desmontado, tamanha a emoção, em várias peças reutilizáveis que se esparramaram pelo chão.

O debate nem começou e já havia terminado. Larissa Okikiade apenas mexeu nos cabelos, olhando surpresa para tudo aquilo. Se o mestre se desfez em baba e gozo que nem um fãzinho desses qualquer, os outros dois participantes não tiveram tanta sorte. Enquanto o mundo inteiro bateu palmas para a senhora Larissa Okikiade, Valéria Adewunmi e Ricardo Olatemina tremeram de medo. Sacaram os dispositivos de conexão para averiguar seus perfis nas redes sobrenaturais e aí entraram em desespero.

— Fomos cancelados! — berrou Olatemina, chorando de pavor. — Perdemos todos os nossos seguidores!

— Problematizaram a fala que não fizemos! — gritou Adewunmi, chorando de raiva. — A culpa é sua, Okikiade!

O desespero virou ódio. Adewunmi e Olatemina, então, acabaram virando do avesso. Literalmente. Ricardo Olatemina se rasgou de dentro para fora, se contorcendo, se requebrando, todo torto, espalhando sangue e óleo no chão; acabou se transformando em alguma espécie de monstruosidade de ferro, com três braços, seis pernas, espadas, machados e lâminas giratórias. Já Valéria Adewunmi começou a sangrar, pelos olhos e boca, água suja de rios poluídos, e foi inchando, inchando até estourar; quando toda a sua pele caiu, ela havia se tornando um peixe gigante, com braços, pernas e asas cortantes.

Ajoguns... Espíritos malignos.

Foi uma correria. Alguns alunos saíram voando, outros se teleportaram, a maioria só tentou fugir para bem longe. Foi então que, espalhados pela plateia, uns vinte jovens também haviam se transformado em monstros.

— Sua marmoteira!

— Você nos expôs!

— Você fez seus seguidores cancelarem a gente!

— Estamos sendo problematizados!

— Perdemos tudo!

— Devolve meus seguidores!

— Não quero virar monstro!

— Devolve!

— Odeio você, odeio, odeio, odeio!

Cada um deles borbulhou, ferveu, derreteu de formas diferentes, se tornaram aberrações grotescas demais para se descrever. Um monte de braços, tentáculos, línguas cortantes, caudas com chifres, um milhão de olhos, asas de inseto, sei lá.

Na hora fiquei muito impressionada, só fui entender depois que as almas deles é que viraram *ajoguns*. Os corpos caíram inertes no chão, mas ninguém percebeu porque o que todo mundo via eram monstros grotescos. No entanto, almas e espíritos são invisíveis, então, alguns *emi ejé* capazes de sentir os monstros acabaram projetando as imagens nas cabeças das pessoas e aí todo mundo conseguiu enxergar os espíritos malignos. Ufa!

— Vamos te fazer em pedaços, sua bruxa! — gritavam os jovens que viraram monstros.

Enquanto isso, mestre Abimbola já havia acordado de seu torpor de fã e heroicamente se jogou para debaixo da própria cadeira. Ficou ali, implorando pela proteção de seu pai Logun Edé. Em paralelo, Larissa Okikiade permanecia onde estava. Só olhando.

A mulher-peixe, que preparava o bote para cima da senhora Larissa, deixou cair uma gota de baba no rosto do mestre; foi demais

"Quem tem uma única flecha nunca deve errar seu alvo."
— Frase atribuída à Honorável Presidenta Ibualama.

para ele, desmaiou e pronto. Fiquei com muito medo naquele momento, porque não tinha como sair dali sem o mestre. Me limitei a ficar olhando. Olhando a mulher-peixe que um dia foi Valéria Adewunmi e o homem-ferro que um dia foi Ricardo Olatemina se digladiando com fúria.

— Sou eu quem vai arrancar a cabeça dela! — gritou ele.
— Para de me atrapalhar! — gritou ela.

Então, olhei para a plateia. Os monstros se estrangularam uns aos outros, se ferindo, arrancando pedaços de seus corpos imaginários.

— Vou pegar os seguidores dela pra mim!
— Pensa que esqueci que você também me expôs?
— Vocês são piores que ela! Seus fracassados!
— Lembro dos seus posts antigos, você é mais tóxico que ela!
— Vocês viraram monstros porque são fracos!
— Viralizei mais que você!
— Não preciso de vocês!
— Marmoteiros tóxicos, todos vocês!

Os espíritos de ódio acabaram se atacando uns aos outros. Ficaram ali, tentando se dilacerar, até a chegada de guardas armados da Aláfia Oluxó, uma das maiores empresas de segurança de Ketu Três, especializada em localização e destruição de ameaças. Apareceram de repente, teleporte psicotrônico, vestidos de branco e vermelho. Cercaram os espíritos malignos, dispararam tiros que não consegui ver, pistolas grandes e pesadas. Não entendi o que aconteceu, os monstros espirituais se remexeram, perderam forma, se desvaneceram no ar.

Enquanto tudo isso acontecia, Larissa Okikiade havia permanecido no mesmo lugar. Só olhando.

— Tudo bem com a senhora? — perguntou um dos soldados. —Tá ferida?

— Tô... em choque — disse Larissa Okikiade, com olhos lacrimejantes. — Vocês não precisavam... Eram só pessoas, sabe?

O soldado virou as costas para a pensamentista e levantou um desmaiado Joselito Abimbola como se fosse um saco de batatas. Já a senhora Okikiade, ainda em lágrimas, abriu seu dispositivo de conexão holográfico, para se lamentar muito nas redes sobrenaturais. Quarenta mil flechinhas só nos primeiros minutos.

Cinco anos se passaram desde aquele primeiro encontro entre a renomada pensamentista e meu mestre em início de carreira e ainda me lembro do jazz espetacular da mestra Joana Omojola, que tocou o tempo todo naquele dia, tão bem quanto me lembro do perfume da senhora Larissa Okikiade. Perfume certeiro como uma flecha.

Eu não sei.
Eu acho que não sei.
Mas, se você sabe, me diga o que fazer.
Não importa se você não sabe nada,
Apenas me diga o que fazer.

Os filhos de Logun Edé provocam a criação da rede sobrenatural de Ketu Três

Os filhos de Oxóssi eram maioria em Ketu Três
Havia filhos de Ogum, filhos de Oxum, filhos de Ossaim
Mas os filhos do Rei Caçador eram em maior número
Os maiores líderes, artistas, influenciadores, esportistas, empresários
Uma sacerdotisa de Oxóssi é sempre a governante da cidade
Um dia, filhos de Oxóssi, juntamente com filhos de Ogum, tentavam descobrir novas conexões
Tentavam descobrir novas formas de conectar a cidade
Conectar suas máquinas e aparelhos em uma rede comum
Conectar pessoas que quisessem se comunicar com várias outras
Sem que precisassem percorrer grandes distâncias
Muitos *emi ejé* de Oxóssi costumam herdar o poder de teleporte
Enquanto vários *emi ejé* de Ogum costumam herdar o poder sobre as máquinas
Mas não conseguiram chegar a uma criação satisfatória
Foram, então, consultar um babalaô
Que receitou oferendas para Exu, o verdadeiro senhor de todos os espaços
Quando realizaram o que foi pedido, o galo de Exu falou
Disse que o segredo estava no lago de Logun Edé
Ora, Logun Edé era filho de Oxóssi e Oxum
Os *emi ejé* filhos de Logun Edé costumavam herdar os poderes desses dois Orixás
Herdavam a esperteza e a soberba de ambos

De forma que já faziam uso do lago metafísico de Logun Edé há muitos anos

Era um lago imaginário capaz de se conectar com espaços reais

Cujas águas invisíveis se esparramavam para todos os cantos da cidade

Mas os filhos de Logun Edé mergulhavam para se locomover, se comunicar com seus irmãos

Apenas para dividir fofocas, picuinhas, disse-me-disse, bobagens de celebridades

Os filhos de Ogum se enfureceram ao testemunharem tamanho desperdício

Mas os filhos de Oxóssi, com a ajuda das filhas de Oxum, resolveram propor um acordo

E os filhos de Logun Edé aceitaram dividir seu lago metafísico com a população de Ketu Três

Desde que fosse criado para eles um espaço privilegiado para compartilhar suas futilidades e fofocas

Foram chamados até mesmo os filhos de Exu para ajudar nessa tarefa

Todos, então, se juntaram para criar as redes sobrenaturais de Ketu Três

A rede imaginária onde todos se encontram, conversam, negociam, confraternizam

Os filhos de Ogum conseguiram finalizar sua criação

Os filhos de Oxóssi conseguiram conectar as pessoas

Os filhos de Logun Edé conseguiram espalhar suas vaidades em larga escala.

INTERLÚDIO

Nós amamos todas as pessoas, sem exceção

Nós amamos a raça humana. Nós amamos sua luta pela vida. São seres extraordinários. Nós amamos como se esforçam para serem vistos, reconhecidos e amados. Nós amamos os seres humanos

Afinal, nós também somos pessoas. Somos mulheres. Somos mães — o mais alto grau da condição humana

Há acordos. Nós amamos acordos

Achamos lindo chegar em um entendimento entre duas partes. Eu quero, você quer, então chegamos num acordo. O que eu quero é diferente do que você quer, mas, se podemos ajudar um ao outro, então é só chegarmos a um acordo

Você me dá o que eu quero e eu te dou o que você quer. É simples. Porém

Acordos devem ser cumpridos

Nós amamos pessoas. Nós amamos acordos

Nós odiamos pessoas que descumprem acordos

Acordo é um arranjamento sagrado. Comprometer-se perante um acordo significa comprometer-se a cumprir com o que foi combinado perante os poderes Ancestrais, que envolve um arranjo delicado nas estruturas da própria realidade. Então, o que foi combinado deve ser cumprido, ou você causará desarranjos no tecido existencial do mundo. Comprometer-se com um acordo significa se comprometer a cumprir com a sua palavra

A palavra é sagrada

Se você não cumpre com a palavra, você está prejudicando a sua ancestralidade

Não toleramos quem prejudica as que vieram antes de nós

Nós amamos pessoas. Amamos acordos

Nós detestamos pessoas que descumprem acordos

Todos que descumprem acordos devem ser destruídos

Pelo bem das mães que vieram antes de nós.

II TRETA

O dia a dia do fabuloso Joselito Abimbola (manhã)

— Gente, é só ler o post central da alimentação. Tá tudo lá, bem explicadinho...

O mestre girou a narrativa, mais uma vez, que nem faz nos seus vídeos, que nem faz no seu programa particular, o Giragira. As meninas ao seu redor ouviam, atentas, ouviam as palavras de sabedoria do senhor Ogã, que discursava sobre como desafiou as Corporações ao vivo em rede sobrenatural. Opa, eu já havia dito que o mestre Joselito é Ogã? Acho que não. Então, o senhor Joselito Abimbola é um Ogã. Foi suspenso e confirmado pela Oxum de Mãe Diretora Marrom Oyindamola, uma ocasião muito bonita, depois conto essa história. É que, neste instante, o mestre interagia com seus fãs, sentadinhos no chão em torno dele, ele mesmo em sua cadeira roxa felpuda, enquanto seus cabelos eram trançados, suas sobrancelhas pinçadas e suas unhas pintadas, no salão de beleza Crespos de Mel.

— Pai — disse uma das meninas —, é verdade aquilo que o senhor disse no Giragira? Que as relações setoriais se dão por problemáticas devido aos *emi uobó* serem oprimidos como parte do sistema?

— A gente tem que pensar no território de discurso, tá ligado? Eu falei melhor sobre isso no meu último post no Chilro, só seguir o fio!

— O que o senhor acha da precarização das emoções e da banalização das sensações quando falamos de relações setoriais? — perguntou uma outra menina.

— Então — respondeu ele —, como eu já disse, é só ler o post central da alimentação, sério, tá tudo lá.

Elas só suspiraram e concordaram.

> *Elas só suspiram. Elas curtem. Elas clicam. Elas, eles. Você gosta delas e deles. Gosta de todo mundo. Você acha que gosta. Elas clicam, eles curtem. Você acha que entende tudo, todo mundo finge que não entende nada. Ninguém gosta de você de verdade. Mas você finge que sim. Sorria!*

O salão de beleza Crespos de Mel era um dos muitos estúdios de embelezamento no centrão do Setor 8, em plena Rua Treze. Grande salão, paredes de barro, purpurina dourada, chão de barro curtido, esculturas de bronze, bustos de antigas rainhas, esculturas de *aiabás,* especialmente a Mãe Dourada Oxum. Os espelhos eram no formato de *abebés e ofás.* Inúmeras pessoas, mulheres e homens, a maioria jovens, falando muito alto, várias peles, marrons e pretas, variadas tonalidades, palha, dendê, dourada, realeza, a maioria realeza e dourada também, filhas e filhos de Oxóssi e Oxum sempre cuidando da vaidade. Eu não conseguia distinguir quem trabalhava e quem era cliente, vários em pé, outros sentados, cadeiras, mesas, móveis flutuantes, pedras psíquicas, barbeadores laser, tubos de extração de espinhas, mecanismos de corte de pelos e cabelos, pelas barbas de Oxalá, black powers, várias formas e tamanhos, cores tão vivas que meus olhos não davam conta, tranças enraizadas, soltas, dreads finos, grossos, extremos que pulsavam, corpos magros e gordos, sendo estes os mais invejados de todos, meninas-rainhas super orgulhosas de suas formas volumosas, todo mundo competindo quem falava mais alto. Eu, eu já tonta, nem contei dos cheiros: olha, os odores mais pungentes que se pode imaginar, perfumes de flores, perfumes de rios, essências de pedras perfumadas, climatizadores da moda, aquele salão enorme e tão lotado de gente que deveria estar abafado, o sol lá fora a pino, mas graças à tecnologia de Ketu Três o ambiente estava tão doce e fresco quanto uma floresta verde do Mundo Original.

> *De onde veio toda essa gente? O que pensam, o que mastigam? Olha como são mais bonitos que você, como são mais vivos que você. Olha. O que olham quando olham para você? Olham o mesmo que você quando se olha no espelho? Será que alguém consegue o que você é incapaz de fazer: enxergar a si mesmo?*

Ao que me consta. Este salão está sempre cheio, uma convulsão diária. Mas, parece que há um certo esquema. Então, hoje é o dia do meu mestre, Joselito Abimbola. Ele está lá agora, sentado em sua cadeira felpuda, seu trono particular. No seu lado esquerdo, a Elaine, uma mulher marrom com braços de polvo, pintando suas unhas. À direita, Marluce, uma mulher-lagarto com asas, fazendo arte com suas sobrancelhas. Acima, a Gislaine, um golem animado de palha, com permissão para pegar na cabeça enquanto trançava seus fios crespos. E, somente ali sentados, um monte de gente em volta. Meninas e meninos. A juventude lacradora de Ketu Três.

> *Por que vocês estão todos aqui? Para me ouvir falar. Vocês me adoram! Não. Isso é mentira. Todos nós sabemos. Já repetimos isso um monte de vezes. Vocês estão aqui porque hoje eu tenho mais de 500 mil seguidores. Então, finjam que me amam. Vocês vão ganhar mais flechinhas sim. Os ancestrais me abençoam, estou realizando meu sonho.*

— Marrons no topo! — gritou o mestre Abimbola, de repente. Todos ali levantaram os braços. Bateram palmas.

— Marmoteiros não passarão! — gritou uma jovem empolgada.

— Não passarão! — todo mundo fez eco.

Todo mundo se distraiu. Vários e várias começaram a falar ao mesmo tempo. Até mesmo a cabeleireira e a manicure. Então, o mestre Joselito Abimbola aproveitou a distração de todo mundo para acionar seu dispositivo de conexão holográfico e entrar nas suas redes.

Agora a sua mão já pode parar de tremer. Ufa. A Elaine mal conseguia pintar. Como é que você se aguenta? Um grande mistério da humanidade. Olha aí, superlativo de novo. Você acha que alguém realmente se importa? Enfim. Vamos focar. É difícil, mas você consegue. Pare de enrolar. Obrigado. Então, você mergulhou no Lago outra vez. Já pode relaxar. Hoje em dia, você só consegue respirar debaixo desse monte de dados e excesso de informação... Você prefere pescar ou afundar na lama da sua própria miséria?

Joselito Abimbola se levanta e anda até as escadas. *É só andar, vai tranquilo.* Cada pisada parece natural. *Lembra quando você tremia para subir os degraus? Hoje você treme sua mão quando está longe demais do Lago.* Joselito sobe os degraus até alcançar o grande espaço, amplo, todo prateado. Chão metálico. Assim como metálicos são os degraus que subiu. Quantas eras foram necessárias para subir todos esses degraus? *Eu mereço estar aqui.* Joselito Abimbola olha para o palco de prata brilhante, que brilha somente menos do que eu mesmo. Vários telões luminosos se abrem para apresentar a imagem de Abimbola, afinal, são mais de 500 mil espectadores. Joselito mal consegue vê-los. *Não faço questão de ver toda essa gentinha, tanto faz.* Todos observam Joselito Abimbola. Mais de 500 mil cabeças.

O grande palco de prata, florido com peixes azuis e dourados, ornado com enormes raízes de árvores. Telões emoldurados de algas abertos para mostrar o rosto de Joselito Abimbola, caixas amplificadoras de cristal prontas esperando a sua voz. Estavam todos esperando o seu pronunciamento de suma importância. *Eu lutei para estar aqui. Desafiei as Corporações, tive essa coragem. Expus um esquema sórdido de experiências ilegais, expus crueldades cometidas contra cidadãos de Ketu Três. Eu me expus como um emi ejé selvagem. Minha vida é um livro aberto. Mais de 500 mil espectadores. Fiz por merecer. Mérito meu. Os ancestrais estão orgulhosos. Eu não fiz por mim, fiz por eles. Sempre faço por eles.* Sua mãe está orgulhosa com certeza. Imerso no Lago, em pé no seu palco florido de peixes azuis e dourados, Joselito Abimbola, o Pescador de Flechas, começou o seu discurso. De imensa pertinência. Para 500 mil fiéis seguidores.

Teclando loucamente, de olho na tela, pupilas dilatadas, o mestre babava um fio de saliva. Foram só cinco minutos em que todo mundo se distraiu e o senhor Abimbola já estava daquele jeito. Seus dedos trabalhavam com fúria na tela imaginária do dispositivo de conexão.

— Pai — falou um jovenzinho sentado aos joelhos do senhor Ogã Abimbola. — Por gentileza, o senhor poderia falar sobre a questão do território de discurso dos marmoteiros laboriosos?

— Senhor — disse uma outra jovem, que acariciava os pés do mestre. — Por favor, considerando a demanda das bonecas animadas e seus direitos enquanto seres artificiais, por favor, fale sobre a situação dos cachorros mutantes leitores de poesia...

Estamos todos orgulhosos de você! Você está orgulhoso de você. Não está?

Teclando loucamente, outros falavam, faziam perguntas. O mestre mal se lembrava de respirar. Mestre? Eu queria perguntar. Mas havia outras questões mais importantes que solicitavam sua atenção. A golem de palha, Gislaine, estava quase terminando as tranças. Era muito habilidosa. Tranças grossas, vistosas, entrelaçadas umas nas outras. O mestre teclando. Babava. Os fãs olhavam, aguardando respostas que iriam mudar suas vidas. O mestre não lhes dava a menor bola. Dentes rangentes. Os fãs aos seus pés pareciam indecisos se se levantavam para ir embora ou se permaneciam fiéis ao seu mais velho. Alguns daqueles rapazes e mocinhas haviam nascido primeiro que o mestre, mas o ancestral na cabeça do mestre havia nascido muito antes. Afinal, o mestre é Ogã. Teclando loucamente. Marluce já havia terminado as sobrancelhas do jeito que deu, Elaine já tinha desistido das unhas do mestre e foi arrancar favos de mel da cabeça florida de sua próxima cliente. Faltava somente Gislaine. Estava dando os toques finais. Os fãs do mestre começando a demonstrar constrangimento. Até que um deles, um garoto de macacão rosa, tranças enraizadas e com antenas de caracol brotando da cabeça, acabou falando:

— Pai Abimbola — começou ele. — Se me permite dizer. Desculpa. Ainda bem que o senhor fez essas tranças... porque agora não parece mais que o senhor tá imitando o Pai Formoso Adaramola.

O mestre parou de teclar. Todas as conversas do salão cessaram imediatamente. O jovem de macacão rosa paralisou feito pedra. Muitas pessoas resolveram não respirar para não fazer barulho. Aquele silêncio parecia ter se esparramado para todos os cantos de Ketu Três. O jovem de macacão rosa parecia que ia se desfazer em suor porque o mestre, que continuava olhando para a tela do dispositivo de conexão, havia parado de teclar.

Formoso. Pai Formoso Adaramola para você. Seu imbecil, o que que você estava pensando?! O que você estava pensando imitando black power de duas cores do todo poderoso Formoso? Por que você usou por tanto tempo um black azul e dourado que nem o Pai Formoso? Quem você pensa que é?

Pai Formoso. Adaramola. O maior de todos. O grande senhor das redes sobrenaturais. O grande. Das Corporações. O senhor Ogã da família Adaramola. Das Corporações. Corporações. Filho carnal da Matriarca Adaramola. O Grande.

Você. Você nunca. Nunca chegará à unha do dedo mindinho do pé. Nunca. Nunca nunca nunca nunca nunca. Pai Formoso Adaramola é O Grande. Ele existe em todos os lugares. Todos os lugares. Pai Formoso Adaramola se expande para todos os cantos possíveis do Lago. Todos.

Quando Pai Formoso mergulha, ele se esparrama para todas as televisões, todos os computadores, todos os dispositivos de conexão, todos os cantos de todas as redes. Ele é o apresentador oficial da Venerável Mãe Presidente Ibualama... Ele é O Grande. Você é um grão de poeira.

Você pode ter quantos seguidores estúpidos quiser. Você pode conseguir tantas flechinhas quanto puder. Você nunca. Nunca. Nunca nunca nunca nunca nunca nunca nunca. JAMAIS. Chegará à unha do dedo mindinho do pé. Do Grande Pai das redes sobrenaturais. Nunca.

Eu nunca havia presenciado um silêncio tão grande. O mestre continuava com os olhos na tela do dispositivo de conexão. Os fãs, aos seus pés, já haviam fugido para bem longe. Só restava ali o jovem de macacão rosa, que havia falado aquilo. Ele estava quase se afogando no próprio suor. As pessoas do salão aguardavam. As pessoas das redes sobrenaturais aguardavam. Ketu Três inteira aguardava. Qual seria a reação de Joselito Abimbola?

Foi então que o mestre Abimbola, ainda sem tirar os olhos da tela do dispositivo de conexão, disse:

— Obrigado. Seguirei me esforçando para oferecer o meu melhor. — então, o mestre sumiu. E eu sumi junto com ele.

> Caçador e Senhor da caça, Senhor do rio e pescador. Rei das águas profundas e Senhor da caça. É o Orixá dono do barro.

Havíamos mergulhado no Lago. Assim do nada. Era muito desagradável quando o mergulho acontecia de repente, sem o mestre avisar. Mas, de certa forma, isso já era esperado... Então, só me restou fechar o bico e prender a respiração, porque o mestre já estava bem lá na frente. As novas tranças serpenteavam enquanto ele disparava feito um peixe. Estava com pressa, e eu que me virasse para o acompanhar.

O que é o Lago? É difícil explicar, até hoje nunca entendi. Não sei as palavras certas. Estávamos completamente submersos, nadando em águas metafóricas de dados e informações. Nao sei explicar os cheiros e o calor do Lago. Acho que isso não se aplica aqui. Enfim. Tentei acompanhar o nado veloz do mestre. A cada braçada, o mestre fazia embaralhar ainda mais as palavras que flutuavam e se chocavam. Estávamos cercados de opiniões, discussões, emoções. As palavras se chocavam, formavam frases de efeito, textos lamentosos, textões furiosos e textículos espetaculosos que nunca terminavam, porque nunca se entendiam. O Lago era um aglomerado de reclamações sem voz e sem vida que nasciam e morriam a todo instante. Acho que essa é a melhor definição.

O José Abidoye levou uma cantada ao vivo da Camila Babalola, você partiu para comentar, mas não pode se expor mais do que já se expõe, ficou olhando, com ciúmes, porque ninguém comentou de você, essa Camila já não te dá a mínima. A Suzana Mofolani, mais uma vez, deu uma de "senhora palestrinha" e, mais uma vez, foi aplaudida por falar o óbvio, você se segura para não xingar muito na rede por ela fazer o que você gostaria de estar fazendo agora.

Você quase parou para dar flechinha no post do Miguel Ibikeye, ele fez uma dissertação sobre a questão setorial, ele escreve muito melhor que você, mas não recebe metade do reconhecimento, ele é muito mais inteligente que você, você finge que não viu o post, como sempre faz, você adora dizer que o Ibikeye é irrelevante porque não tem nem 10% dos seguidores que você tem, porém, você sabe que o Ibikeye é muito melhor do que você jamais será.

Ah, a Larissa Okikiade. A senhora Ebomi Larissa Okikiade acaba de ser anunciada como a mais nova colunista da Revista Ouça. Isso mesmo, a Revista Ouça. Larissa Okikiade. Nova colunista. Ouça. Mais de cem mil flechinhas no textão da nova colunista. Qual seu maior momento? 50 mil flechinhas. Foi seu ápice. Você nunca mais conseguirá algo perto disso outra vez. A Larissa Okikiade hoje alcança 100 mil flechinhas se postar textão sobre peido. Pode acreditar! O que você significa perto dela?

Quando o mestre e eu emergimos do Lago, o sol ainda brilhava no céu. Estávamos ensopados, com dados e números pingando, mas ninguém conseguia ver isso. Só quem tivesse o mesmo poder do mestre, eu acho. Havíamos surgido no meio da sala do nosso apartamento. O mestre se balançou todo, que nem um cachorro faz, para se enxugar um pouco das águas imaginárias;

torceu as tranças para ter certeza de que iria escorrer tudo. O carpete de oncinha se encheu de respingos metafísicos, flechinhas e comentários. Quando terminou de se balançar, mestre Abimbola ficou olhando para o chão.

— Mestre... — comecei a falar. — Ainda estamos no meio da tarde. O senhor tem compromisso naquela escola, lembra? Dará um pronunciamento para crianças sobre a importância dos territórios de discurso na educação espiritual...

Você construiu alguma coisa hoje? Você constrói alguma coisa? Você só xingou muito na rede sobrenatural. Você está se repetindo. Você está se acumulando. Você. Larissa Okikiade é a nova colunista da Revista Ouça. Comentários. Comentários. Comentários. Comentários. O que você representa para o mundo? O que você criou hoje? Quem leu você? Que prêmio você recebeu? Qual bênção você recebeu de uma Mãe Diretora? Você nadou em comentários. Abimbola xingando muito na rede. Bonitas tranças.

Você criou o quê? Queria estar na capa da Ouça? Você fez alguma coisa? Deveríamos pescar. Você nadou no Lago e não respirou nada. Pai Adaramola tem um cabelo melhor que o seu. Por que você ainda olha para a televisão? Pai Formoso é de um patamar que você não deveria nem sonhar. Quantos sonhos se esfarelam nos comentários? Larissa Okikiade é a nova colunista. Todos os comentários proclamando bênçãos. O que você criou de relevante para a memória do mundo? Formoso Adaramola está no topo da montanha, enquanto você se arrasta no meio do lixo.

O que você criou hoje? Miguel Ibikeye logo, logo irá publicar um novo livro, ele escreve muito melhor do que você, ele é muito mais inteligente do que você. Ele não tem nem um décimo dos seguidores que você tem, só que em um texto ele acrescenta mais do que você tentou acrescentar durante a vida inteira. Você já tentou acrescentar alguma coisa mesmo? O que há dentro de você? Lá fora é muito mais atraente, muitos assuntos ao mesmo tempo. Só coisas importantes. Devemos falar de tudo o que está acontecendo? O que há dentro de você? Não pode perder tempo com isso, porque a Larissa Okikiade é a nova colunista da Revista Ouça!

Comentários esparramados no chão. O que você criou hoje? Bonitas tranças, meus parabéns. Vá nadar na poça das suas próprias lágrimas. Dramático. Inútil. Ridículo...

Foi então que mestre Abimbola foi de cara ao chão. Simplesmente despencou. O carpete de oncinha se encheu com suas lágrimas, que se misturaram com os pingos de comentários da rede. Caído estava e caído permaneceria, eu nada poderia fazer, então, fui para o meu poleiro, para me coçar, ver o tempo passar...

Horas, muitas horas depois, o sol já havia se posto, as estrelas começavam a brilhar no céu, o mestre, ainda estatelado no chão, levantou a cara cheia de remela e lágrimas secas, ligou o dispositivo de conexão holográfico, ajeitou suas bonitas tranças cheias de respingos, tirou uma *selfie*.

— Vou postar agora uma foto desse meu belo rosto, talvez assim eles leiam o post central da alimentação no Grama Instantânea — disse ele, em tom muito solene.

Você só consegue respirar
Quando está imerso em excesso de dados
Quando está coberto das imundícies do mundo
Você só consegue afundar

As redes sobrenaturais são criadas no Lago de Logun Edé

As redes sobrenaturais foram descobertas pelos filhos de Logun Edé
Eles já usavam o Lago para satisfazer seus caprichos
Pois o Lago pertence ao seu pai, Logun Edé
O Lago é para onde fluem todas as informações e dados
Quase tudo que se diz e sabe sobre o mundo acaba escorrendo para o Lago
Os filhos de Logun Edé sabem disso
Pois eles são filhos do conhecimento e da astúcia
Então eles fingem frivolidade perante as demais pessoas
Para atingirem seus fins
Foram os filhos de Oxóssi e Ogum quem desenvolveram as estruturas das redes
Mas os filhos de Logun Edé acompanharam tudo de perto
E aprenderam tudo o que podiam
Eles são pescadores de conhecimento
O Lago é o seu lar
O Lago está repleto das informações do mundo
Os filhos de Logun Edé herdaram a esperteza de Oxum
Herdaram também a coragem de Oxóssi
O Lago é o lar dos filhos de Logun Edé
O Lago é o lar das redes sobrenaturais de Ketu Três.

O dia a dia do fabuloso Joselito Abimbola (tarde)

Como dissemos antes, estava para começar a batalha que irá decidir o futuro da humanidade. Tal batalha começará assim que Joselito Abimbola conseguir se focar no seu textão de suma importância para as massas do mundo...

> *Ele não consegue focar porque está, de novo e novamente, sendo tragado pela enxurrada de discussões a respeito das polêmicas do momento. Novos assuntos a todo instante. Precisamos comentar sobre. Todos estão falando. Precisamos nos posicionar. Você só tem respeito quando se posiciona. Você só é alguém quando fala firme sobre os temas mais cabulosos da ocasião. Você precisa falar sobre. Precisa se posicionar.*
>
> *Então... E então? Joselito, você está me ouvindo?*

— Tô ouvindo, só um minuto.

— Perdoe-me, senhor Ogã. Hã... é que estamos pra começar...

— Só mais um minuto...

No interior do auditório, sentado numa esteira no centro do palco de madeira, cercado por uma plateia de jovens que vieram ouvir seu importante pronunciamento acerca dos Movimentos Setoriais de Resistência Marrom, o mestre Abimbola seguia teclando no seu dispositivo de conexão, alheio a todos, enquanto todo mundo o aguardava.

Do lado direito do mestre estava o entrevistador, um rapazola magricela de cabelos crespos espetados que sorria amarelo, se esforçando para não atrapalhar o senhor Ogã, que realizava sua imprescindível tarefa de levar conhecimento e cultura por meio das redes sobrenaturais. Já à esquerda, estava o escritor Miguel Ibikeye, o único que parecia não se importar em aguardar o senhor Ogã se afundando no dispositivo de conexão.

Miguel Ibikeye e mestre Joselito Abimbola haviam sido convidados por um grupo de jovens revolucionários para palestrar e contribuir com a luta. Fazia uns quinze minutos que a contribuição deveria ter começado. Todos aguardavam o mestre Abimbola terminar de teclar.

— Senhor Ogã... — o entrevistador estava implorando.

— Pronto! — declarou o senhor Ogã, fechando a tela imaginária do dispositivo de conexão, finalmente se dando ao trabalho de olhar para a plateia que o aguardava.

Era uma tarde ensolarada lá fora, e ainda assim a plateia estava recheada de moças e rapazes empolgados. Aqui dentro era pura escuridão, não havia janelas, só o palco era iluminado por esferas flutuantes que abrigavam espíritos faiscantes. O auditório em si era quadradão, estrutura simplória, madeira e concreto, bem arcaico. Estávamos no Colégio Estrela da Floresta, localizado no Parque Florestal da Lua Enferrujada, Setor 4. Trata-se de uma conhecida escola *aberrante*, ou seja, que atua independente das Corporações e que fomenta ideias consideradas criminosas à atual sociedade... Ou pelo menos, assim os jovens gostavam de alardear, já que as Corporações não pareciam dar a mínima. Os alunos presentes eram, em sua maioria, sangue comum, com um punhado *emi ejé* selvagens orgulhosamente exibindo sua herança sobrenatural. Quase todos peles marrons dos Setores mais baixos de Ketu Três.

— Vamos começar, então! — disse o entrevistador no

microfone arcaico. — Estamos na Semana dos Movimentos Setoriais de Resistência Marrom! Hoje é o penúltimo dia e esta é a mesa "Anti-Mundanidade: Diálogos entre Futuros Ancestrais na Literatura de Resistência"! Meu nome é Rômulo Opeyemi, sou estudante de Ciências Ancestrais aqui do Colégio Estrela da Floresta e sou eu quem vai mediar esta mesa. É uma grande honra estar ao lado de tão renomadas figuras!

Aplausos, muitos aplausos entre os jovens. Gritaria desafinada. Etc. O rapazola chamado Rômulo, então, apresentou os dois palestrantes:

— Então, estamos aqui com aquele que é um dos grandes vlogueiros em ascensão das redes sobrenaturais! Irreverente! Polêmico! Articulador do Giragira, o grande encontro das relações setoriais! Pesquisador! Ensinador! Divulgador dos costumes ancestrais de afeto e carinho! Solucionador de aprendizagem! Escritor! Poetizador! Adestrador de peixes terríveis! Dono do canal Pavão Pescador! Filho de Logun Edé! Ogã da casa... hã... da casa...

— Ogã — disse o mestre. — Ogã Abimbola.

— Ogã Abimbola! — completou o mediador, trêmulo.

Aplausos de toda a plateia. Lágrimas. Gritos de "eu te amo", etc. Então, abriram a caixa de comentários no post da transmissão ao vivo. E aí...

> O combate que iria decidir o rumo das coisas estava para começar. O campo de batalha é uma arena de pedra e palha no meio da mata. A plateia são formigas com lábios, mosquitos com tentáculos, besouros de duas cabeças e outras criaturas insetoides. Todos prontos para apertar os botões das flechinhas. Todos ansiosos. Joselito Abimbola, o Pescador de Flechas, se posiciona, a plateia grita de emoção com seu posicionamento. O traje colante de Joselito, com penas de

> *pavão, causa furor; ele considera seu traje uma proteção impenetrável. Seu rifle bem carregado com munição de palavras contundentes. Abimbola se posiciona novamente para o povo e o povo retribui com muitas flechinhas e corações; ele está plenamente confiante de sua vitória perante o oponente, Miguel Ibikeye, o Escritor.*

Vários teclavam loucamente em seus perfis nas redes sobrenaturais. A caixa de comentários no post da transmissão ao vivo estava começando a se movimentar. O mediador Rômulo, então, introduziu o outro palestrante:

— Também temos aqui Miguel Ibikeye. Escritor!

Toda a plateia se virou para o escritor Ibikeye. Pele marrom-realeza, penteado de dreadlocks presos num rabo de cavalo, camisa colorida geométrica na qual azul e rosa predominavam, calça de linho branca, sandálias de couro, óculos quadrados de ferro, barba crespa; aparência de um intelectual humano comum. Não era que nem o mestre, que cintilava com suas roupas de purpurina.

> *Miguel Ibikeye, o Escritor, está diante de Joselito Abimbola, o Pescador de Flechas. Enquanto Abimbola realizou seus posicionamentos para deleite da plateia, Ibikeye não se move. Não faz nada. Apenas olha. Abimbola olha para ele. Ibikeye veste camisu e calção de pano. Trajes simples de camponês aos olhos arrogantes de Joselito Abimbola. A arma de Ibikeye parece ser uma flecha pequena em forma de caneta.*

A plateia ficou olhando. Ficou esperando. Vários olhos pareciam não ter entendido. Ibikeye sorria, despreocupado. O mestre aproveitou a distração de todo mundo para mexer no dispositivo de conexão. O mediador não se aguentou mais no constrangimento e perguntou:

— Ah... é só isso, senhor Ibikeye?
— Sim — respondeu ele. — Escritor.
— Hã. Certo...

> *Fica se achando só porque publicou uns dois livros ou sei lá. Quem se importa com livros que ninguém lê?*

O silêncio que se seguiu foi tão barulhento que meus ouvidos chegaram a arder, mas Ibikeye não parecia se importar. De pernas cruzadas, aguardava que o mediador desse continuidade e que o mestre saísse do dispositivo de conexão. Até que um aplauso tímido, vindo da plateia, pareceu ter acordado outras mãos e, então, as pessoas se lembraram de serem educadas e saudar o profissional escritor.

> *Criatura patética.*

— Certo! — declarou o mediador, se virando para o mestre. — Vamos começar o debate! Senhor Ogã Abimbola! Na sua visão de pesquisador, ensinador, poetizador e solucionador, o que é o futuro ancestral e como se manifesta na arte e nos movimentos marginais de resistência marrom?

> *O toque do agogô é o sinal para o início da luta. Joselito Abimbola aponta o rifle para seu oponente. Alvo na mira. Miguel Ibikeye continua sem se mexer. A plateia grita. Abimbola faz expressão de interrogação, enquanto mantém a mira travada. Se prepara para apertar o gatilho...*

O mestre realizou um longo gesto com mãos e braços, como que reverenciando a plateia. Inclinou o corpo para frente, quase encostando a cabeça no chão, ainda estava sentado na cadeira. O refrescador de ambientes exalava um cheiro agradável. Com o microfone arcaico em mãos, disse solenemente:

— O futuro ancestral é isso aí. Os movimentos são importantes. Representatividade marrom importa!

— Representatividade marrom importa! — ecoou a plateia, em uníssono. Aplausos se espalharam como fogo em palha seca. Muitos se levantaram para berrar palavras de ordem. — Mediocridade mundana resiste!

Todos gritavam, todos teclavam. A caixa de comentários se agitava.

> *A plateia de insetoides continua gritando, enquanto o Pescador de Ilusões continua com cara de interrogação. O rifle de Abimbola estava quente do disparo. Foi preciso só um tiro da sua munição de "posicionamento contundente acerca de assuntos que não me dizem respeito" para derrubar seu oponente.*
>
> *Miguel Ibikeye caiu de joelhos. Levou as mãos ao peito, onde tomou o tiro à queima-roupa. Provavelmente havia sofrido um ferimento grave, poderia virar um ajogun a qualquer momento...*

A gritaria, aos poucos, foi cessando. Os jovens foram novamente se acomodando nos seus lugares. Então, o mediador Rômulo se voltou para o escritor Miguel Ibikeye.

> *Fica se achando só porque publicou uns livros... É muita ousadia vir duelar comigo!*

— Então, senhor Ibikeye, passo a pergunta pra você: na sua visão de escritor, como define o futuro ancestral?

— Primeiramente, desejo uma boa tarde a todas e todos — disse o escritor. — Agradeço à direção da escola pelo convite e os parabenizo imensamente pelo trabalho. Pois, então, o futuro ancestral é uma denominação comum para diversos movimentos de criação ficcional nos quais se projeta a ancestralidade para um outro tempo dimensional. Porém, não se trata apenas disso. Não é somente "ancestralidade no futuro". Trata-se de uma escola multifacetada que vem se apresentando em todas as partes de Ketu Três e do mundo, entre a população mundana e **emi ejé**. Ou seja, é um movimento crescente, abrangente, que tem por pretensão evidenciar as mais diversificadas manifestações do espírito humano, pra além dos limites pré-estabelecidos e pra além de conceitos pré-concebidos. A divindade se manifesta na criação ficcional de forma única, porque deriva da própria divindade que permeia todos nós. É um movimento realmente fascinante, pra mim é uma honra imensa ser associado à literatura ficcional do futuro ancestral. Peço desculpas por não conseguir expor tudo em palavras. Obrigado.

O quê?

Silêncio.

Enquanto Abimbola se vangloriava para a sua plateia por conta da suposta vitória, percebeu que também estava ferido. Havia tomado um disparo de flecha no ombro, bem fundo.

Mas como? Como é que não percebi os movimentos dele? Eu domino o espaço! Eu percebo tudo o que se move! Esse é o meu poder! Como ele se moveu sem que eu conseguisse notar?

Joselito Abimbola levou a mão ao ombro, fez uma careta de dor. Talvez o movimento de Ibikeye tenha sido tão veloz que Abimbola não foi capaz de perceber. Enquanto isso, o Escritor Ibikeye se levantava, calmamente. Miguel Ibikeye sequer havia sido ferido!

Ele tomou um tiro à queima-roupa! Como é que ele...?

O mediador Rômulo olhou para a plateia, perguntando em silêncio: o que devo fazer agora? Só que a plateia estava ocupada tentando entender: como deviam reagir? Deviam gostar? Aplaudir? Escrever moção de repúdio? Textão emocionado? Xingar muito no Chilro? Interrogações gigantes pairavam na cabeça de todos.

Tá doendo, seu palerma!

Mais silêncio. O escritor Miguel Ibikeye permanecia de pernas cruzadas. Sorria.

Será que esse cara é um emi ejé? Será? Não interessa! Vou vencer!

O combate recomeçou. O Pescador Joselito Abimbola se movimentava. Apesar do ombro ferido, deslizava pelo campo de batalha como se estivesse nadando. Ao redor do adversário, desaparecia e reaparecia tão rapidamente que distorcia o próprio tecido espacial. Como consequência, várias imagens do combatente Joselito se formavam, dando a impressão de que ele ocupava vários espaços diferentes ao mesmo tempo.

O mestre não fazia nada além de suar. Era nítido que realizava um grande esforço para não tremer.

Eram muitas as imagens de Joselito Abimbola ao redor de Miguel Ibikeye. Essas imagens se multiplicavam e se multiplicavam, parecia algo sem fim. A plateia não sabia lidar com aquele show de magia, a maioria não conseguia acompanhar, todos soltavam exclamações, estavam maravilhados. Ainda assim, o Escritor Miguel Ibikeye permanecia parado onde estava, sem esboçar nada, o que parecia contrariar Abimbola imensamente.

Se não vai se mexer, vou disparar de novo!

— Brilhante! — mestre Joselito gritou, de repente. — Essa é a maior definição que já ouvi sobre o futuro ancestral! Escritor Ibikeye, isso é maravilhoso! Vamos, palmas pra ele!

A plateia sorriu aliviada: finalmente veio a orientação de como deviam se comportar sem correr o risco de cancelamento. Então, as palmas efusivas se esparramaram pelo salão. O mediador Rômulo chorava de gratidão, declamando poemas de amor para os dois convidados. Miguel Ibikeye acenava tranquilo para aqueles que o ovacionavam, como se tudo isso fosse natural para ele. Mas o mestre, embora sorrisse, respirava pesado, como se estivesse exausto.

> *As imagens de Joselito Abimbola eram só distração, o intuito era distrair o adversário para aparecer às suas costas. E foi o que Abimbola fez, já pronto para atirar nas costelas de Ibikeye. No entanto, para a surpresa do Pescador, o Escritor já tinha se virado para o encarar. Abimbola, então, se viu obrigado a forçar o encanto de aumento de velocidade para distorcer ainda mais o tecido espacial. O Pescador disparou na cabeça do Escritor, que acabou se esquivando no último momento. Ainda sob o efeito de uma velocidade alucinante, Abimbola aproveitou para acertar a perna esquerda de seu oponente. Dessa vez o tiro acertou. Miguel Ibikeye cambaleou, praticamente havia perdido a perna esquerda, que se tornou só um cotoco sangrento. Joselito Abimbola mostrou todos os dentes num sorriso perverso.*

Enquanto as palmas começavam a cessar, consegui ver vários jovens teclando frenéticos em seus dispositivos de conexão, fascinados. Vários olhos brilhavam. O mediador Rômulo, então, se levantou, esticou o corpo magricela, vários ossos estalaram. Do nada, ele saltou para o ar e começou a dar piruetas enquanto declamava as próximas perguntas em forma de poema:

— Perguntas mais eu gostaria de realizar/ Se assim me permitido for/ Sobre nossa luta contra as Corporações/ Prezados senhores/ Tão bravos em vossas palavras/ Gostaria de saber/ Seria sábio perguntar/ Como são vossas batalhas/ Quais são vossas medidas/ Contra nossos temidos opressores?

Todos os jovens alunos se levantaram de imediato para aplaudir. Lágrimas nos olhos. Punhos para o alto.

— Que intervenção *foda*!

— Que disparo foi esse?

— Excelente pergunta!

— Mas ele é mediador, não devia se exibir!

— É assim que se luta contra as Corporações!

— Ele tá desvirtuando o debate!

— Procrastinadores não passarão!

> *Rômulo Opeyemi, o juiz da luta entre Miguel Ibikeye e Joselito Abimbola, de repente abandonou a arena para ir duelar com a plateia, no campo dos comentários. Abimbola demonstrou um descontentamento nítido. Muitos da plateia acabaram se distraindo no duelo de comentários, mas a luta principal entre os dois oponentes na arena prosseguia. Joselito se preparava para o disparo final.*

Foi aí que, no auge da emoção, o mestre Joselito Abimbola se levantou do estupor no qual se encontrava e, num ato dramático, rasgou, com as próprias mãos, seu terno cintilante de cetim amadeirado. Jogou os pedaços para o alto e gritou, projetando a voz para todos os cantos:

— É assim que se luta contra as Corporações! Vocês viram a minha denúncia! Expus o esquema de desincorporação de cérebros! É um absurdo a extração de mentes! Eu, Joselito Abimbola, denunciei pessoalmente o esquema, todos vocês viram! Lancei a braba! Todos vocês viram! É importante esse ato! Temos que nos levantar para lutar! Eu sou influenciador! Vamos lutar juntos!

> *Enquanto Miguel Ibikeye sangrava, enquanto o juiz Rômulo Opeyemi duelava com o público, Joselito absorvia e concentrava a energia caótica do espaço tumultuado ao seu redor. As penas de pavão de seu traje vibraram enquanto Abimbola carregava sua arma com comentários clichês. Como se fosse uma vara de pescar, Abimbola apontou o rifle para Ibikeye, que ainda se esforçava para ficar em pé com uma perna só. O Pescador, então, disparou um tiro concentrado de palavras senso comum. Quando o disparo atingiu o Escritor, acabou explodindo em vários disparos menores, que atingiram também boa parte da plateia, incluindo o juiz Rômulo.*

O mestre terminou sua fala em forma de intervenção e, então, o auditório explodiu em aplausos e mais aplausos e mais aplausos. Superlativos em excesso. Sem parar. Tudo e todos. Talvez o mundo inteiro estivesse aplaudindo e eu não havia percebido. Talvez eu já estivesse morta e condenada a viver no mundo dos aplausos que nunca param... Ainda bem que eu era só um bicho, pois os da minha espécie não entendem nada disso.

> *Milhares de novas flechinhas. Milhares. Venci!*

— Leiam o mestre Abimbola! — berrava o mediador Rômulo Opeyemi, enquanto se contorcia no chão, pleno de emoção. — Leiam os posts centrais dele na alimentação! Mais do que necessário!

— Obrigado por existir! — berravam na plateia, em uníssono.

Após o disparo fatal de Joselito Abimbola, Miguel Ibikeye caiu para frente: o Escritor ficou ali beijando o chão, enquanto o Pescador de regozijava da vitória. De volta à arena, o juiz Rômulo Opeyemi estava para terminar a contagem de dez...

Então, o escritor Ibikeye pegou seu microfone.

— Posso responder à pergunta?

O quê?

No mais clichê dos clichês, pouco antes de o juiz falar "dez", Miguel Ibikeye havia se levantado. Ainda que se equilibrando numa perna só. Joselito Abimbola olhou horrorizado para ele. Além da perna destroçada, não havia nenhum outro ferimento no Escritor.

Impossível! Não tinha como ele se esquivar sem uma perna! Que feitiçaria era essa?

O mestre, ainda de pé, de braços para o alto, recebendo o banho de aplausos, se virou para o escritor. Todos na plateia se entreolharam. Buchichos, cochichos. Novamente, interrogações acendiam na cabeça de todos. O mediador Rômulo Opeyemi se recompôs, se sentou em sua cadeira, parecia hesitante. Disse:

— Ah... Acho que o debate praticamente já... Hã... Mas, sim, é a sua vez de responder... senhor Ibikeye. Hã... desculpa perguntar, mas... o senhor é Ogã? Ebomi?

— Nenhuma das duas coisas — respondeu Ibikeye, com naturalidade.

O mestre Abimbola não resistiu, deixou escapar um risinho. Vi vários na plateia se segurando para não rir.

Apesar de ter evitado quase todos os disparos de Abimbola, aquele único ferimento de Miguel Ibikeye era bem sério. Não parava de sangrar e o Escritor não conseguia esconder o quanto sentia dor. Estava num estado lastimável.

— Olha... — o mediador Rômulo Opeyemi já sorria abertamente com desleixo. — Como o senhor espera que... Se o senhor não é nem... O senhor... digo... Você. Você tem menos de 50 mil seguidores, não é isso?

—Não tenho nem 10 mil — respondeu Ibikeye, com calma.

O auditório inteiro explodiu em gargalhadas.

> *Meu rifle está bem apontado para a cara dele. A essa distância, não tem como eu errar! Não tem como ele desviar!*

O mediador Rômulo Opeyemi foi ao chão, para rolar de tanto rir.

> *Vai ser atingido bem na cara! Vai virar um espírito maligno!*

O mestre Abimbola se segurava bravamente para não rir.

> *Bosta pretensioso!*

Ibikeye suspirou. Disse ao microfone:

— Só acho triste. Os pais dos nossos pais lutaram ativamente contra os alienígenas. Se arriscaram de verdade. Muitos morreram. Graças a eles, aqui estamos, livres, bonitos e saudáveis, nesta metrópole brilhante. Não gosto de violência nem de sangue derramado. Mas é triste que nossas lutas hoje se resumam a gritar "berro" e "bafo" nas redes sobrenaturais. Textões, flechinhas e sei lá mais o quê. É assim que honramos nossos ancestrais?

> *Joselito Abimbola fora atingido por uma flecha em forma de caneta. Bem no peito. Bem próximo do coração. Abimbola mal teve tempo para praguejar. Desmaiou de dor. Miguel Ibikeye também não se aguentou mais em pé, voltou para*

o chão. O juiz Rômulo Opeyemi acabou não decretando o final da luta, havia sido atingido, na garganta, por uma flecha em forma de caneta do Escritor Ibikeye. Todos na plateia também foram atingidos.

Silêncio.

O quê...?

Ufa! Agora sim o debate havia terminado. A caixa de comentários se acalmou. A plateia teve reações variadas, ou cobriam a cara ou tentavam se esconder debaixo das cadeiras. A maioria se levantou, foram saindo, cabisbaixos. Muitos choravam. O mediador Rômulo Opeyemi se desmontou todo, havia sofrido curto-circuito espiritual.

Eu... não venci?

O escritor Miguel Ibikeye ficou ali sentado, apoiando a cabeça com as mãos. Parecia a pessoa mais triste de todo o recinto.

Eu empatei...? Empatei com um marmota desses?!

Entre uma piscada e outra, percebi que havíamos voltado para o quarto do mestre. Conforme o esperado.

Era para eu ser... o melhor... Mãe...

O que eu não esperava é que o mestre passasse o resto da tarde batendo a própria cabeça na porta do quarto. Ficou ali, xingando, chorando, sangrando. Mas não havia nada que eu pudesse fazer, afinal, eu era apenas um bicho.

"Aquele que não reconhece a própria tolice é o mais tolo de todos."
— Frase atribuída à Honorável Presidenta Ibualama.

Mesmo que eu seja um espelho distorcido de mim mesmo,
Olhe para mim,
Por favor...

Os perdedores do Lago se tornam espíritos malignos da rede

Muitos eram os que entravam no Lago
O Lago de informações e prazeres descoberto pelos filhos de Logun Edé
Muitos queriam se lambuzar com os afagos e carícias do Lago
Para isso, se desafiavam uns aos outros em batalhas
Entravam no Lago para disputar embates em forma de palavras
As palavras eram disparadas de arcos e rifles
E os prêmios eram flechinhas imaginárias
As flechinhas medem prestígio e poder dentro do Lago
Quanto mais flechinhas, mais amado e respeitado você é
Todos queriam se lambuzar com as delícias do Lago
Entravam em embates sobre polêmicas e fofocas da ocasião
Apenas para provocar e cutucar seus adversários
Apenas para angariar seguidores
Todo mundo apreciava os mais atrevidos e polêmicos
Os que chamavam mais atenção eram seguidos onde quer que fossem
Mais flechinhas, mais seguidores, mais prestígio
Era tudo uma delícia
Todos queriam mais e mais
Muitos eram os que entravam no Lago
Poucos eram os que saíam vivos...
Pois as palavras que as pessoas disparavam umas contra as outras
Eram partículas das suas próprias almas
Os nadadores do Lago mais e mais se viciavam

Pois as delícias do Lago eram irresistíveis
Todos queriam ganhar flechinhas
Todos desperdiçavam suas almas sem o perceber
Palavras e mais palavras disparadas
Os embates ficavam mais duros
O custo era alto para as suas almas
Quanto mais se deterioravam na disputa
Mais seus corpos e mente se tornavam vazios
E foi assim que os primeiros perdedores
Se tornaram distorcidos, ressentidos e odiosos
Os que perdiam as disputas por seguidores e flechinhas
Se sentiam frustrados, derrotados, inúteis
Então, suas almas sofriam uma terrível transformação
Todos os que afundavam nas profundezas mais sinistras do Lago
Todos esses que perdiam seus seguidores e flechinhas
Se transformavam em *ajoguns*
Os inimigos da humanidade
Se transformavam em espíritos malignos da rede
Se transformavam em monstros distorcidos de si mesmos
Condenados a só proferirem palavras cruéis
Condenados a vomitarem substâncias tóxicas
Que envenenavam o Lago
Muitos eram famintos por fama
Poucos pensavam nas consequências
Quanto mais famintos
Mais suscetíveis a se tornarem monstros
Monstros da frustração e do desespero
Assim era o Lago de informações e prazeres
Assim eram as ferozes disputas pelo poder imaginário das redes

Os vencedores aumentavam seu prestígio
Os perdedores viravam monstros
Monstros inimigos da humanidade
Monstros que propagavam comportamentos tóxicos e abusivos
Eram os terríveis espíritos malignos da rede

O dia a dia do fabuloso Joselito Abimbola (noite)

Você tem certeza de que existe? Segundo o mestre Joselito Abimbola, você só existe se estiver *aqui*.

Estamos na grande festa acima da festa rua abaixo. A rua abaixo de nós estava apinhada de gente. Jovens lacradores de todos os tipos, corpos gordos, magros, mutáveis, com ou sem pernas, braços, meninos, meninas, gêneros indefinidos, fluídos, cabelos coloridos, tranças, dreadlocks, raspados, black powers, cortes diversos. Trajes brilhantes, vestidos longos, saias vistosas, batas bonitas, ou corpos quase nus mesmo. Braços biônicos, pernas metálicas, membros cibernéticos. O som que se esparramava pela avenida era uma mistura de muitos estilos ao mesmo tempo, do rock ao jazz, do funk ao soul, do samba ao metal pesado. A festa era um "esquenta" para o Marrom Punk, um festival de música muito aguardado, e a rua era a Avenida dos Ícones, Setor 10 da Rua Treze, onde circulavam diariamente muitos dos famosinhos das redes.

Vários lá embaixo, nós aqui em cima. Estamos no salão flutuante, uma abóbada de holografia sólida, transparente, que flutuava metros acima da rua. Esta festa aqui, segundo o mestre, era a única que importava: o Festival das Plumas, o grande encontro das celebridades das redes sobrenaturais. Evento patrocinado pelas Organizações Adaramola, transmitido ao vivo nas redes e nos telões biotecnológicos dos prédios e das árvores na Avenida dos Ícones.

O mestre, para variar, vestia sua melhor peça, terno justo, rosa e roxo purpurinado; calça lilás, mais justa ainda; e sapatos de bico longo. Tranças azuis e douradas presas no estilo maria-chiquinha. No rosto, uma maquiagem exagerada de várias cores, nos olhos, nariz e boca. Tinha de ser assim, pois ele estava dividindo o salão flutuante com os maiorais das redes sobrenaturais, a área especial só para convidados especiais.

Pelo que entendi, só foi permitida a entrada de quem tivesse, no mínimo, 100 mil seguidores. Os que atingem esse requisito, mas, mesmo assim, não foram convidados, estão xingando muito no Chilro nesse exato momento. Ter mais de 100 mil pessoas te seguindo é ser especial. É ser relevante, é ser significativo. É ser alguém. Você é alguém? Ou é só mais um ordinário desses qualquer?

Olha só essa gentinha lá embaixo. Tadinhos.

De acordo com o mestre, quando ele alcançou 500 mil seguidores conseguiu o mínimo para ser considerado gente.

— Bicho — sussurrou para mim. — Eu consegui. Eu sou o máximo.

— Se o senhor tá dizendo... — respondi. — E bicho é o senhor seu genitor.

— Esperei minha vida inteira por esse momento — ele continuou. — Minha mãe, onde quer que esteja, deve estar feliz.

— Assim esperamos... — respondi. Suspirando.

Esperamos que haja algum sentido nessa reunião de gente que só sabe ser alguém quando xinga muito na tela de um dispositivo de conexão. Mas quem sou eu para julgar? Sou apenas um bicho.

O salão flutuante era uma redoma transparente, cujo esqueleto consistia em troncos vegetais espalhados por todo o espaço. Na verdade, esses troncos eram dispositivos de biotecnologia capazes de se adaptarem às necessidades dos convidados; quando as pessoas queriam se sentar, os troncos viravam assentos confortáveis; quando queriam beber, viravam torneiras de bebidas deliciosas; quando queriam dançar, viravam aparelhos de som. Flores roxas gigantes preenchiam o ar com aromas doces, ao mesmo tempo em que mantinham a temperatura agradável. O ambiente parecia mudar conforme se harmonizava com a alma das pessoas. Agora entendo por que o mestre sempre sonhou em estar aqui.

    E aqui estavam cerca de cinquenta celebridades das redes sobrenaturais. Blogueiros, personalidades, militantes, criadores de conteúdo, influenciadores. Só gente importante. Mas só quem era *emi ejé* conseguia mexer facilmente com os mecanismos biotecnológicos do salão, enquanto os de sangue comum tinham dificuldades para lidar com a biotecnologia e recebiam olhares de desdém. No que diz respeito à aparência, eram iguais ao pessoal lá de baixo, só que com orçamento melhor. Mas, ao contrário dos lá da rua, a maioria aqui estava teclando em seus dispositivos conectados, relatando tudo dessa divertida festa em tempo real aos seus milhares de seguidores, em vez de perder tempo com mera interação humana real.

    O mestre tinha acabado de chegar, acompanhado de Valentina Adebusoye, sua namorada. Ele havia caprichado tanto na purpurina dos seus trajes, numa débil tentativa de não ser ofuscado pelo seu par... e fracassou terrivelmente. A senhorita Valentina, com seu macacão azul elegante, topete crespo grande, maquiagem estrelada, fios de contas brilhantes e unhas laser atraía vários olhares, de meninos e meninas. O mestre não passava de mero acessório.

—Valentina... — disse o mestre. — Finalmente estamos aqui...

— Não se impressiona por tão pouco, tá? — disse a

senhorita Adebusoye. — Você é só um pele marrom, clarinho, mas sou pele preta... Sou realeza, tá?

— Você é uma pele preta que mora no Setor 4 — o mestre salientou.

— Por que tá falando o que já sabemos? — a senhorita Valentina retrucou.

— Pra que estragar o momento, Tina...? — disse o mestre.

— Não me chama assim na frente dos outros! — exclamou ela. — Aqui eu sou Valentina Adebusoye.

— Mas... — o mestre começou a dizer.

— Porque nós chegamos até aqui! O Festival das Plumas! — a senhorita Valentina decretou. — Chega dessa marmota!

— Tem razão — o mestre concordou. — Eu sou o Joselito Abimbola, aqui, no salão flutuante!

Os dois ligaram seus dispositivos de conexão, se beijaram, tiraram *selfies* do beijo e postaram em seus perfis nas redes. Ganharam milhares de flechinhas.

Conseguimos chegar até aqui. Estamos orgulhosos de você.

— Pronto! — exclamou a senhorita Valentina. — Agora a gente já pode começar!

— Podemos... — concordou o mestre.

A senhorita Valentina beijou o mestre mais uma vez, depois aproveitou para sussurrar no ouvido dele:

— Fica esperto, tá? Tá aqui o Abidoye, a Babalola, a Mofolani, a Adebayo, o Adunke.... e ela também tá aqui. Sua "amada". Tenta não babar demais, tá?

O mestre fez cara de exclamação. Tentou não olhar, mas acabou olhando. Sim, ela está aqui. De pé, lá no canto esquerdo do salão flutuante. Cercada de influenciadores que a paparicavam. Ebomi, filha de Oxóssi, pele marrom-realeza, colunista da Revista *Ouça*. A super blogueira dos 5 milhões de seguidores. A pensamentista Larissa Okikiade. Ela trajava um vestido e ojá feitos de tecido lunar, cuja beleza refletia o próprio brilho elemental da noite. Não havia nada mais belo que isso naquele salão.

— Eu disse pra você não babar demais... — a senhorita Valentina acabou resmungando.

Foi então que o mestre deu uma tremida. É que as Organizações Adaramola tinham acabado de publicar o post oficial de transmissão ao vivo da festa, e a caixa de comentários foi aberta. O mestre aproveitou para usar seus poderes e desaparecer.

Agora. É hora de começar...

A grande batalha já começou. Os combatentes estão se enfrentando todos de uma vez só. A arena é um palco submerso, com luzes violeta e brilhos púrpura piscando sem parar. O chão e as paredes são de vidro, como um aquário. Dentro desse aquário, estão todos os combatentes, já se enfrentando. Cerca de cinquenta lutadores, com os mais variados estilos, habilidades, poderes e penteados, todos se enfrentando para valer, se movimentando pelo campo de batalha, manifestando seus melhores golpes, poderes e habilidades. Fora do aquário, a plateia — passarinhos verdes-limão, com escamas de peixe — assistiam àquele show de luzes, explosões, tiros e bombas de energia sobrenatural.

Vamos lá?

O mestre foi reaparecer no outro lado do salão, longe tanto da senhorita Valentina quanto da senhora Okikiade. Uma poltrona de tronco e folhas se formou para acomodá-lo. Ficou sentado. Passaram-se alguns minutos.

A batalha no aquário seguia com tudo!
Aguarde um pouco...

Veio se aproximando alguém.

Pronto.

Era um jovem pele marrom-palha, sorriso tímido; seu penteado, um black amarrado para trás num coque; trajava terno azul, sem camisa por baixo; bermuda azul também. Segurava um copo de líquido verde. Ah, sim: ele usava uns óculos que pareciam uma faixa de metal cobrindo os olhos, com fios conectados a sua cabeça. Era um dispositivo de conexão à rede que o permitia teclar enquanto andava e falava. O mestre se levantou para o cumprimentar.

— Caramba — disse o jovem de óculos para o mestre. — Vi você de longe, aparecendo do nada, sem acreditar.

— Eu que não acredito que finalmente tô falando com você! — disse o mestre.

— Você é mesmo um *emi ejé*! — exclamou o jovem. — Joselito Abimbola, o Pavão Pescador, é um *emi ejé*!

Eu sou. Você, não!

— Isso... não é nada demais — respondeu o mestre, sorrindo. — Não é nada perto de você, Cristiano Kikelomo, o fenômeno do Chilro! Chegou a 1 milhão de seguidores em poucos meses! O terralogista que pesquisa sobre afetos e hombridades! O escritor que conta histórias de resistência mundana nas redes sobrenaturais!

Você não é pesquisador! Muito menos escritor!

— Receber elogios de você é algo fantástico! — Kikelomo parecia emocionado. — Afinal, os seus posts centrais do Grama Instantânea são imperdíveis! Você é uma baita inspiração!

— Você que é! — devolveu o mestre.

Você é um marmota. Seu bosta!

— Poxa, pena que o Miguel Ibikeye não pôde vir — salientou Kikelomo.

Não fala esse nome!

— Verdade — concordou o mestre. — Ele tem o quê? Uns 10, 15 mil seguidores... Pena mesmo. Ele é muito necessário!

É irrelevante! Sua hora ainda vai chegar, Ibikeye, pode acreditar! Antes, preciso cuidar desse marmota aí...

O mestre e o Cristiano Kikelomo continuaram o papo, rindo um para o outro... trocando tiros.

Os combatentes se enfrentando todos ao mesmo tempo no aquário. Joselito Abimbola e Cristiano Kikelomo, se concentrando somente um no outro, corriam velozes, para lá e para cá, enquanto trocavam tiros. A arma de Kikelomo é um disparador de pipocas explosivas, Joselito nunca tinha visto uma dessas. Abimbola, então, dispara uma saraivada, com a intenção de finalizar logo a luta, mas Kikelomo se protege com sua armadura de palhas rígidas e deflete a maioria dos tiros. Ele, então, se afasta para se aproveitar do alcance superior de sua arma sobre o rifle de Abimbola. As pipocas que Kikelomo dispara são bombas de argumentos chamativos, dos quais Joselito se esquiva. Porém, Abimbola acaba caindo na armadilha de seu oponente e se vê cercado:

> *se desse um passo, pisaria em alguma pipoca e sofreria com a explosão de palavras simplórias de grande apelo. Confiante, Cristiano Kikemolo, então, resolve acionar suas bombas e todas as pipocas explodem de uma só vez. Joselito Abimbola, no entanto, está completamente ileso. Kikelomo faz uma expressão de interrogação e desespero. Ele também não entende quando Abimbola aparece, do nada, na sua frente e estoura sua cabeça com um único disparo de rifle. A plateia vai ao delírio!*

Até que o senhor Cristiano Kikelomo, de repente, abaixa a cabeça, cai de bunda no chão. Uma poltrona de folhas surge para acomodá-lo. O rapaz começa a suar, respirar pesado, como se tivesse corrido vários quilômetros. Leva a cabeça às mãos e fica ali, apático, triste.

> *Nem emi ejé esse bosta é! Fenômeno do Chilro uma vírgula... Tão ordinário e medíocre quanto seus fãs!*

O mestre o deixa ali e vai circular pelo recinto. Quando olho ao redor, percebo que há mais pessoas num estado semelhante ao do jovem Kikelomo. Pelo visto, as batalhas nas caixas de comentários estão pegando fogo.

> *Bom. Vamos aos próximos...*

Enquanto aqui em cima pessoas perdiam o fôlego e caíam sentadas, lá embaixo havia fôlego demais. Parece que a festa se tornou um ato contra o aumento de preço dos aplicativos, várias pessoas marchando pela avenida com cartazes holográficos de protesto. Muitos apontavam para o salão flutuante, teclavam nos seus dispositivos, exigiam posicionamento dos influenciadores. O ato denunciava o aumento de preço do aplicativo Majestade 8, ou seja, uma questão de suma importância para a sociedade.

Já aqui, no salão flutuante, após derrotar o senhor Kikelomo, o mestre andou até onde estava a senhorita Adebusoye. Ela estava ali sentada, toda curvada para a tela do seu dispositivo de conexão, os olhos vidrados, as mãos teclando nervosamente. Ele perguntou:

— E aí, Valentina Adebusoye? Posso me sentar aqui?

— Tô ocupada agora — respondeu ela, sem tirar os olhos do dispositivo.

— Precisa de ajuda? — perguntou ele.

— Preciso que você fique quieto — respondeu ela. — Estamos em guerra!

A caixa de comentários seguia fervendo.

> *Mais da metade dos combatentes já tinha tombado. Enfrentando três ao mesmo tempo, Valentina Abedusoye não se cansava de atirar com sua metralhadora psicotrônica. Era uma arma pesada de quatro canos que flutuava a milímetros do chão. Seus oponentes, um rapaz com corpo de cobra, uma moça com asas de morcego e um menino com braços que terminavam em cabeças de cachorro, tentavam cercá-la, mas eram prontamente rechaçados pelos disparos de lacre e sensatez fingida que saíam da poderosa metralhadora de Valentina. Ela já tinha eliminado cerca de seis rivais, e queria mais.*

O mestre sorriu. Foi se sentando à mesa de tronco nodoso na qual estava Valentina, juntamente com outros meninos e meninas, jovens celebridades. Estes, no entanto, estavam em estado quase catatônico, babando em cima dos seus pratos de petisco. Cada vez mais as pessoas do salão iam sucumbindo a esse estado de exaustão, enquanto os demais seguiam teclando em seus dispositivos. Ninguém mais conversava entre si. Todos teclando loucamente. Mas o mestre não precisava teclar. Afinal, ele tem o seu superpoder de *emi ejé*.

Joselito Abimbola olhava para a grande arena do aquário. Ele viu um brutamontes de ferro sendo destroçado pela lança gigante de um rapaz lagarto, viu um garoto com rosto de elefante sufocando com sua tromba uma moça-aranha de vinte braços, viu uma donzela em forma de ganso chacinando um carinha de rato com uma rajada de balas ácidas. Os combatentes se digladiavam com munição de xingamentos e problematizações, enquanto a plateia de pássaros escamosos de fora do aquário se agitava. Joselito Abimbola começou a se concentrar...

Hora de encerrar essa palhaçada!

As caixas de comentários sobre o Festival das Plumas iam se agitando mais e mais, tanto aqui em cima quanto lá embaixo, vários foram interrompendo seus gritos e conversas para ligar seus dispositivos de conexão e se enfurnar nos ambientes imaginários das redes. Enquanto isso, sentado perto de Valentina, o mestre sorria.

Hora de mostrar quem é que manda aqui!

O tecido espacial do aquário começou a se distorcer, como se fosse água perturbada por uma pedra arremessada...

O rosto do mestre Joselito Abimbola passou a ser exibido nos telões, era um dos únicos ainda consciente.

Mas quando os outros combatentes se deram conta, era tarde demais: os tiros do rifle de Abimbola vieram de todos os lados, de todas as direções, atravessando várias dimensões do espaço, atravessando os momentos e distorcendo até mesmo o próprio tempo. O tempo e o espaço se mesclavam, ondulavam, como se tudo o que existia fosse feito de geleia, de manteiga derretida. Quando se deram conta, todos tinham sido pegos por aquele vórtice lento e ondulante; os combatentes foram fuzilados, todos de uma vez só, com tiros

> *em forma de textão, fios didáticos, palavras de escárnio, frases de efeito, prints de exposição, eram tiros e mais tiros, de todos os lados e espaços, ao mesmo tempo...*

Enquanto isso, as celebridades das redes sobrenaturais foram desmaiando de exaustão.

> *Foram caindo, mutiladas pelos tiros, quase mortas...*

Os telões também exibiam que as celebridades do salão flutuante não eram mais celebridades, pois tinham acabado de perder quase todos os seus seguidores. Foram expostos, problematizados, desacreditados, perderam sua relevância enquanto influenciadores digitais.

> *Debruçada sobre sua arma, com a respiração sofrida, Valentina Adebusoye, uma das únicas a não ser atingida pelo ataque de Joselito Abimbola, olhou para ele com raiva. Estava pingando de suor. Ela rosnou pragas contra Abimbola, que devolveu os xingamentos com um sorriso.*

O mestre Joselito, que havia entrado no salão flutuante com cerca de 500 mil seguidores, agora estava com quase dois milhões. Dois milhões.

Joselito Abimbola não parava de sorrir.

Lá embaixo, na Avenida dos Ícones, o caos havia tomado conta. Irromperam intervenções contra o cancelamento de influenciadores favoritos. As pessoas gritavam palavras de ordem contra o Festival das Plumas, contra as Corporações, contra a ganância, contra a mágoa, contra a inveja e o egoísmo que estavam tomando conta do mundo. Surgiram cartazes daqueles que se posicionavam contra quem desrespeita as velhas tradições. Estavam todos se xingando muito nas redes sobrenaturais e também cara a cara.

Enquanto isso...

Aqui, no salão flutuante, todos haviam desmaiado. Exceto a Valentina Adebusoye e o mestre.

Mas...

A senhorita Valentina Adebusoye arfou. Ela olhou para o mestre e disse, como se fosse um grunhido:

— Por que você sempre...?

Então, ela encostou a cabeça na mesa, fechou os olhos, finalmente se rendendo ao cansaço.

— Boa noite, Tina — disse ele, beijando-a na bochecha.

Venci!

Joselito Abimbola não parava de gargalhar.

Eu sou o rei do mundo!

Porém...

Joselito Abimbola parou. Olhou para cima. Acima dele, pairava a última combatente. Era uma caçadora alada, que vestia um traje de tecido lunar, com asas azuis feitas de holografia densa, que portava um rifle enorme com lacinhos azuis e brancos. Dali onde estava, o Pescador Joselito Abimbola conseguia sentir o perfume dela, era certeiro que nem uma flecha...

Ainda restava a senhora Larissa Okikiade, sentada em sua poltrona, no centro do salão flutuante, teclando despreocupada em seu dispositivo de conexão.

Eu sou a mentira que criei para mim mesmo.

Os influenciadores digitais se enfrentam em combates mortais nas redes sobrenaturais de Ketu Três

Os influenciadores digitais são almas valentes
Que desbravam as matas perigosas dos mundos virtuais
Tais virtuosos surgiram tão logo os mundos imaginários do Lago foram descobertos pelos filhos de Logun Edé
Os influenciadores digitais são guerreiros valorosos que se arriscam em batalhas mortais em prol da população
Tais batalhas ocorrem no mundo invisível da imaginação e do mito
Pois os influenciadores vivem do imaginário que criam sobre si
Quanto mais façanhas fantasiosas alardeiam sobre si mesmos
Mais poder acumulam nas redes sobrenaturais
Os influenciadores digitais formulam a opinião de seus fiéis fãs
Ditam aos seus seguidores o que devem fazer e pensar
Dessa forma, seus fãs não precisam perder tempo em pensar por si mesmos
Basta conceder flechinhas e coraçõezinhos como agradecimento
E todos ficam felizes
Porém, quando dois influenciadores se encontram
Eles devem se enfrentar no ambiente imaginário das redes sobrenaturais
Para que seja decidido quem é que manda no pedaço
Um influenciador não pode suportar o outro
É um impulso irresistível
Caçoar, escarnecer, tretar

Por isso, quando se encontram
Os influenciadores assumem suas personas mais mortais
Assumem sua verdadeira face de guerreiros
Assumem a visão idealizada de si mesmos
E adquirem formas tão impressionantes e poderosas
Afinal, os influenciadores são guerreiros da humanidade
Pegam em armas e feitiços para se enfrentarem
Perante sua plateia de fiéis seguidores
Os combates entre guerreiros influenciadores costumam ser espetaculares e impressionantes
Uma vez que usam munição incrível de argumentos rasos de baixo calão
Munição que faz tombar, que faz lacrar
Palavras de ordem que evocam poderes sobrenaturais
Para que os abusivos desonestos não possam passar!
O objetivo é triunfar sobre o adversário
Sempre da forma mais espetaculosa e chamativa possível
Quanto mais formidável for sua performance de combate
Mais humilhado será o adversário
Mais seguidores o guerreiro influenciador irá ganhar
Mais poderoso o guerreiro irá se tornar
Mais propenso a se tornar um *ajogun* o perdedor se torna
Os influenciadores digitais são guerreiros da humanidade
Que decidem os próprios rumos da sociedade
Com seus pronunciamentos de suma importância
Suas intervenções de imensa relevância
Seus posicionamentos de extrema pertinência
Os influenciadores são virtuosos combatentes
Que se enfrentam em combates para cancelar aqueles que são nocivos

Para preservar o bem-estar daqueles que frequentam as redes sobrenaturais
Para ditar os rumos da própria sociedade
Os influenciadores são guerreiros da humanidade
Os influenciadores se enfrentam em combates mortais
Os influenciadores são virtuosos combatentes que se doam dia a dia
Para decidir o rumo de todas as coisas...

A grande batalha do lacre 2
("Que flecha foi essa" *remix*)

Era hora da decisão. O mundo inteiro havia parado, toda Ketu Três estava atenta à caixa de comentários. Pois estava para começar a batalha que iria decidir o futuro da humanidade: Larissa Okikiade ***vs.*** Joselito Abimbola.

Naquela noite, na Avenida dos Ícones, Setor 10 da Rua Treze, em pleno *Ojo-Bo*, a população na rua se amontoava para assistir a esse importantíssimo embate nos telões holográficos. O esquenta para o Marrom Punk, as intervenções, o ato contra o aumento de preço dos aplicativos, nada disso importava. Todos atentos àquele combate prestes a acontecer no salão flutuante. Ao lado de prédios que flutuavam e de arranha-céus recobertos de folhas, o salão flutuante passeava devagar. Dentro e fora do salão, havia arbustos e plantas que ornavam e o perfumavam. Os telões lá fora mostravam o que acontecia aqui dentro.

Os influenciadores flopados estavam agora conscientes. Esses bravos guerreiros receberam primeiros-socorros espirituais; curandeiros das Corporações estavam de prontidão, já que esse encontro entre celebridades digitais é um evento patrocinado por várias Casas Empresariais. Os influenciadores derrotados receberam infusões de energia psíquica para se recuperarem da frustração e da vergonha de perderem seus seguidores, assim não corriam mais o risco de se tornarem espíritos malignos da rede. Estavam lá, sentados em esteiras, ao redor dos dois últimos combatentes. Entre os flopados, estava a senhorita Valentina Adebusoye. Por ter alcançado o terceiro lugar, a ela foi reservada uma cadeira, não a esteira. Com uma expressão meio oblíqua, ela olhava para o mestre e para a senhora Okikiade. Tive medo do olhar dela...

Agora era a hora de decidir o confronto entre o filho de Logun Edé e a filha de Oxóssi. O mestre Joselito Abimbola estava confortavelmente sentado em uma cadeira biotecnológica, com seu dispositivo de conexão holográfico ligado, projetando a tela imaginária bem no seu rosto. Os dedos prontinhos, embora ele não precisasse teclar; ora, como sabemos, ele poderia movimentar suas redes e *se* movimentar por elas apenas com o poder do pensamento, mas ele dizia que, às vezes, teclar que nem a maioria dos mortais dava uma emoção a mais.

Eu estava no seu ombro, observando seus movimentos. Olhei, então, para a senhora Larissa Okikiade, bem na nossa frente. Para mim, ainda era difícil descrevê-la. Afinal, eu era apenas um bicho. Sentada em uma poltrona frondosa no centro do salão, de pernas cruzadas, ela teclava em seu dispositivo de conexão, um daqueles que o mestre queria muito: uma orbe flutuante, prateada, que projetava telas e teclados holográficos conforme a vontade do usuário. Coisa finíssima. Aos pés dela, havia se formado um lago de folhas e raízes, do qual brotavam flores azuis e púrpuras. Ou seja, a própria tecnologia do salão flutuante parecia gostar da senhora Okikiade. Quanto mais eu olhava, menos entendia. O mestre também estava olhando. Ele sempre quer olhar para ela. Ela não dava a mínima para ele, apenas teclava no seu dispositivo.

> *Joselito Abimbola respirou fundo. Acima de todos os derrotados no campo de batalha, flutuando a vários metros do chão, estava a Caçadora de Emoções, Larissa Okikiade de Oxóssi. Ela trajava um macacão de tecido lunar, tão*

> cintilante quanto as estrelas mais belas do céu. Seus óculos laser eram dispositivos de mira de alta precisão. Asas de pássaro holográficas brotavam de suas costas. Seu penteado era um black power recortado, repleto de brilho estelar, como se o cabelo dela fosse o próprio universo. Com apenas a mão direita, Larissa Okikiade manuseava sua arma enorme: um fuzil de cano duplo, com laços brancos e azuis em forma de flecha, e acabamento felpudo. Joselito Abimbola continuou olhando. Carregou, então, seu fuzil de penas de pavão, pronto para o combate.

Tudo estava em silêncio. Todos aguardando o início do combate entre aqueles dois lendários oponentes. Então, o mestre Abimbola pigarreou de modo muito solene e disse:

— Senhora Okikiade... Solicito um minuto de vossa atenção.

E a senhora Larissa Okikiade, ainda olhando para a tela do seu dispositivo:

— Oh. Pois não? Em que posso ajudar?

O mestre fez uma careta, captada pelos telões, mas se recompôs:

— Por gentileza, senhora Ebomi. Gostaria que olhasse pra mim.

E ela olhou. E os telões capturaram aquele olhar.

> Ainda flutuando a metros do chão da arena, batendo suas asas holográficas, a Caçadora de Emoções olhou bem nos olhos do Pescador de Flechas. Mesmo por detrás dos dispositivos de óculos laser, era possível notar que os olhos da Caçadora Okikiade eram negros como o lado escuro da Lua...

E todos lá fora, todos, gritaram o nome de Ebomi Larissa Okikiade de Oxóssi. Todos. E todos aqui dentro também. Todos. Menos a senhorita Valentina.

Maldito gado!

— Olá, jovem — disse a senhora Okikiade para o mestre. — Tenho a impressão de que já nos conhecemos...?

— Sim... nós já nos conhecemos — respondeu o mestre. — Nós nos falamos, dividimos mesas juntos, debatemos juntos, realizamos pronunciamentos juntos. Nós nos falávamos. Conversávamos. Para além das redes sobrenaturais. Nós até fomos amigos. Você lembra...?

— Ah! — a senhora Okikiade exclamou. — Você é o jovem pescador! Quanto tempo!

O mestre Abimbola revirou os olhos.

— Eu sou o Ogã Joselito Abimbola de Logun Edé, pescador, criador de conteúdo do canal Pavão Pescador, escritor, dançarino, influenciador das redes sobrenaturais e consultor pedagógico para assuntos de afetividades setoriais. Tenho dois milhões de seguidores neste exato instante. Eu desafio a senhora Ebomi para um duelo justo... — eu vi o mestre estreitar os olhos — até a morte!

A Caçadora Larissa Okikiade foi descendo até alcançar o chão. Estava em pé, no mesmo nível que seu adversário.

O Pescador Joselito Abimbola apontou seu rifle para a Caçadora Larissa Okikiade. Que não se mexia. Ambos se olhavam. A plateia aguardava. Abimbola ajustou a mira. Joselito começou a correr pela arena. Correu, saltou, correu, saltou de novo, deu cambalhotas. Enquanto corria, deixava para trás imagens de si mesmo. Todos os Abimbolas mantinham seus respectivos rifles apontados para Larissa Okikiade. Que não se mexia. Os olhos negros dela pareciam acompanhar o Abimbola original. Que continuava correndo, correndo. As várias imagens de Joselito Abimbola também começaram a correr, deixando mais imagens para trás. E mais e mais imagens sem parar. Em instantes, a arena estava repleta de Joselitos Abimbolas. Todos com rifles apontados para Larissa Okikiade. A plateia gritava o nome da Caçadora, mas muitos clamavam o nome de Joselito Abimbola também.

Todos os Abimbolas, então, pararam. Ajustaram seus rifles mais uma vez. Começaram a acumular energia. A energia de argumentos pomposos foi reunida num instante. Larissa Okikiade ainda não tinha se mexido. Joselito Abimbola atirou.

Os dedos do mestre estavam sangrando. Ele teclava freneticamente no seu dispositivo. Os dedos ensanguentados foram captados em close no telão. Até a senhorita Valentina parecia impressionada. A senhora Okikiade, no entanto, teclava devagar...

Os tiros foram disparados ao mesmo tempo. Uma saraivada barulhenta de argumentos contundentes sobre coisa nenhuma. Disparos argumentativos em forma de laser multicoloridos. Foram tiros de todos lados, de todas as direções, todos os espaços, todos os tempos, das distorções ondulantes do espaço e do tempo, ao mesmo tempo. Quase todos os disparos atingiram o alvo.

Aos pés da Caçadora Larissa Okikiade, estavam cerca de vinte combatentes. Alguns se contorciam de dor, outros estavam imóveis. Todos apresentavam feridas fumegantes em várias partes do corpo. A Caçadora Larissa Okikiade arregalou os olhos de surpresa, enquanto o Pescador Joselito Abimbola tremia de raiva. No último instante, aqueles combatentes haviam saído da plateia e se jogaram na frente da Caçadora para protegê-la. E deu certo, porque ela estava ilesa. Só estava triste.

Ela é emi ejé!

— Desgraçada! — o mestre berrou de repente, levando os dedos cheios de sangue à cabeça. — Eu vi o que você fez! Eu vi! Marmoteira!

Ela usou superpoderes!

Daqui do salão flutuante, cerca de vinte influenciadores digitais da plateia foram ao chão, inconscientes. Eles estavam teclando em seus dispositivos antes de caírem.

— Olha o que você fez...! — Larissa Okikiade disse, muito triste. — Por que machucar pessoas desse jeito? Por que tantos comentários agressivos nas redes sobrenaturais? Pra que tantos xingamentos? Você é mais um que faz as redes serem tóxicas! Pra que isso?

Sua fingida!

O rosto vermelho do mestre se contorceu numa careta de ódio, e ele continuou berrando:

— Você é uma mentirosa, Okikiade! Só finge que é sangue comum! Marmoteira!

Usou algum superpoder para controlar esses imbecis! É emi ejé sim!

— Achei que você fosse diferente, jovem pescador — disse Larissa Okikiade. — Sempre te considerei um aliado na luta pra tornar as redes sobrenaturais um lugar mais saudável...

— Não, não! — o mestre se desesperava. — Cala boca! Cala essa boca!

Joselito Abimbola voltou a atirar contra Larissa Okikiade. As imagens haviam se dissipado e ele era um só novamente. Atirava como um descontrolado, gastando sua munição de palavras raivosas, errando vários tiros. Porém, todos os disparos que acertariam Okikiade acabaram acertando outros combatentes, que haviam se jogado para protegê-la. Alguns dos caídos no chão haviam se levantado para mais uma vez receberem os golpes por ela. Okikiade pedia para que não fizessem isso, mas eles continuavam se sacrificando. Abimbola só ficava mais e mais irado, continuou atirando até esgotar sua munição.

Não! Tá dando tudo errado!

— Saiam do caminho! — o mestre berrava. — Seus irrelevantes! Inúteis, ridículos!

Parem de cair no feitiço dela!

O mestre começou a bater com a própria cabeça no seu dispositivo, o que foi captado pelos telões. Seu rosto se empapou de sangue. Em seus dispositivos de conexão, a plateia de influenciadores do salão flutuante começou a compartilhar hashtags de repúdio, enquanto na Avenida dos Ícones gritavam que o opressor Joselito Abimbola não ia passar.

Quando, finalmente, se deu conta de que estava sem munição, o Pescador Abimbola jogou fora seu rifle. Sacou seu punhal energizado da cintura e avançou, tentando um embate corpo a corpo com Okikiade. Porém...

Os influenciadores no salão se agitavam, discutiam. Funcionários da Akosilé Oju surgiram, por meio de teletransporte sobrenatural, para acalmar os ânimos. A senhorita Valentina

Adebusoye ainda não falava nada, mas parecia estar rosnando de raiva para o mestre. Era uma falação, ninguém se entendia. Lá embaixo, na Avenida dos Ícones, parecia pior ainda, dava para ouvir daqui a gritaria.

Eu te odeio! Odeio! Odeio! Odeio! Okikiade!

— Seus idiotas! — o mestre berrou para a plateia. — Não percebem? Ela enfeitiçou todos vocês!

A senhora Larissa Okikiade mantinha os olhos no seu dispositivo, com um leve sorriso no rosto.

Chega dessa marmota!

Com um olhar delirante na cara cheia de sangue, o mestre Joselito Abimbola subiu na mesa. Ficou de pé. Tremia, como que prestes a ter uma convulsão. Apontou um dedo sangrento para a Ebomi Larissa Okikiade. Então, bradou:

— Escuta aqui, Okikiade! Procurei o seu nome no UmSemZeros! Não vi nada demais!

Larissa Okikiade parou de teclar.

Essa não...

Foi aí que o salão inteiro caiu num silêncio profundo. A Avenida dos Ícones também se calou. Os cheiros perfumados no salão flutuante eram muitos. Afinal, eram muitas celebridades digitais reunidas. Os perfumes de todo mundo praticamente disputavam quem aparecia mais. O climatizador de ambientes era de primeira, deixava tudo fresco, na medida, não permitia que ninguém suasse à toa, sem ser frio demais. Porém, naquele momento em que a senhora Larissa Okikiade havia parado de teclar, o salão inteiro se inundou com o cheiro dela. O perfume da senhora Okikiade havia se esparramado para todos os cantos. Todos os lugares. Desceu até a rua. Toda a Avenida dos Ícones deve ter sido preenchida com aquele aroma. O perfume certeiro como uma flecha. Naquele momento, litros de suor se misturaram com o sangue do mestre Abimbola.

Não não não não não não...

Todos no salão estavam em silêncio. Todos na Avenida estavam em silêncio. Todos olhavam para a senhora Larissa Okikiade. Todos daquele salão repletos de influenciadores famosos das redes sobrenaturais. Toda aquela avenida repleta de jovens da geração que lacra e tomba. Vários eram detentores de poderes sobrenaturais da linhagem *emi ejé*. Todos sorriam para a senhora Larissa Okikiade. Até mesmo a senhorita Valentina. Todos. Exceto o mestre. O mestre havia ido da mesa para a cadeira e depois para o chão.

Não...

Olhos bem abertos. Com as mãos na cabeça. Se contorcia.

Larissa Okikiade
23h53
Eu sou filha do meu Pai Oxóssi. O grande Rei da nossa cidade. Sou do povo da mata, da realeza, dos caçadores. Que nem a maioria de vocês. Somos todos filhas e filhos do Rei. Sim. Então, é com pesar que informo. É necessário. A flecha deve ser implacável. Somos uma realeza severa. Somos filhas e filhos do Pai de uma flecha só. Que não deve errar. Nunca. Portanto. Estou me abrindo com vocês. É muito triste, mas... O jovem

pescador, o senhor Ogã Joselito Abimbola, do canal Pavão Pescador, adorado por muitos, admirado por todos, eu me incluo. Porém, é preciso dizer...
Este jovem promissor é um aberrante.
É preciso muita coragem para admitir nas redes sobrenaturais ser um emi ejé selvagem. Mesmo. É preciso muita postura para se posicionar contra os acessos que, às vezes, nossas Corporações cometem. É um orgulho muito grande um pele marrom que se posiciona dessa forma.
Mas, a flecha deve ser implacável com os que cometem falhas inadmissíveis.
O jovem pescador é um aberrante.
Dez anos atrás, ele postou o seguinte texto:
"Eu ODEIO os peles marrons! Esses filhos bastardos dos Orixás! Os alienígenas deviam ter acabado com todos!"
Um texto hediondo... de dez anos atrás.
E ele achou que ninguém ia perceber?
Ele nos odeia. Ele se odeia!
O jovem pescador Joselito Abimbola é um aberrante. Da pior espécie.
Que ele acerte as contas com a flecha...
500.329 flechinhas e aumentando absurdamente...

NÃO! Me perdoa! Me perdoa, mãe! Me perdoa! Eu sou um mau menino! Me perdoa! Eu era outra pessoa! Me perdoa! Sou péssimo! Sou uma fraude! Sou um lixo! Me perdoa todo mundo! Faz muito tempo! Eu era jovem, não sabia o que falava! Eu mudei, juro! Ancestrais, me perdoem! Eu mudei, eu mudei! Me perdoa!

— Mentira! — berrava o mestre. — É notícia falsa! É mentira!

Joselito Abimbola estava no chão. Seu corpo estava todo esburacado. O fuzil de cano duplo da Caçadora Okikiade havia disparado uma sequência de tiros, como se fosse uma metralhadora automática gigante. Muitos, muitos, muitos tiros. Todos haviam acertado Abimbola. Todos os disparos haviam perfurado seu corpo. O traje de Abimbola estava arruinado, os tiros atravessaram sua proteção. Abimbola sangrava, jorrava sangue e pus de todos os buracos. Ele estava se afogando no próprio sangue e pus, que se misturavam com os destroços do seu traje. Abimbola se contorcia, todo esburacado, todo ensanguentado, todo torto.

O mestre foi se encolhendo no chão. Foi se entortando todo, como se fosse papel amassado. Todos no salão olhando para a senhora Larissa Okikiade. A senhora Larissa Okikiade olhando para o mestre. Que se contorcia no chão. Todos no salão concordando com a Larissa Okikiade. Até mesmo eu. Todos, menos o mestre. Por isso, o mestre deveria receber a punição adequada. Valentina Abedusoye foi a primeira a chutar o rosto do mestre.

— Seu monstro! — gritou ela. — Como você teve a coragem?!

Vários influenciadores do salão haviam se levantado para chutar e cuspir no mestre.

— Você é pior do que um marmoteiro!

— Como é que você tem a coragem de se considerar um ser humano?

— Todos os aberrantes são lixos nojentos!

— Você é uma vergonha pros ancestrais!

— Aberrante! Aberrante!

Cristiano Kikelomo foi visto escarrando no mestre com muito ódio.

> *Enquanto o destruído Joselito Abimbola era espancado pelos combatentes, a Caçadora Okikiade caminhou até o rifle do Pescador, que jazia esquecido no chão. A arma havia sido arruinada pelos tiros também. Okikiade olhou para a arma: um enorme rifle azul-dourado, todo purpurinado e coberto com penas de pavão. Ela, então, usou o joelho para partir o rifle em dois.*
>
> *Minha arma... minha alma... mãe...!*

Lá embaixo, na Avenida dos Ícones, o caos havia atingido seu ápice. Todos, todos exigiam o cancelamento imediato de Joselito Abimbola. Tudo piorou ainda mais quando as almas de várias pessoas viraram do avesso e se transformaram em espíritos malignos da rede. Funcionários armados da Aláfia Oluxó foram acionados, e aí foi só correria desenfreada.

> *Foi então que monstros surgiram da plateia e invadiram a arena. Eram criaturas deformadas, vagamente humanoides, com vários braços, cabeças, garras, unhas e dentes afiados. Babavam substâncias tóxicas em forma de xingamentos e discursos de ódio. Foram para cima de Joselito Abimbola, com a intenção de o dilacerar. Enquanto era retalhado pelos monstros, Joselito foi se transformando, ele mesmo, num monstro também...*

O mestre havia se recolhido em posição fetal, enquanto recebia chutes e cuspes. Estava chorando. Estava se afogando em lágrimas, estava se afogando em hematomas... Estava sendo linchado. Assim, foi quebrado o efeito do feitiço da senhora Okikiade em mim, mas era tarde demais. Até tentei afastar os raivosos, tentei bicá-los, tentei arranhá-los, só que eram muitos. Eles só me empurraram para longe. Eu era apenas um bicho. Então, fui verificar os perfis dele nas redes sobrenaturais, para ajudá-lo a acessar seus poderes. Percebi que os dois milhões de seguidores que ele acabara de conseguir haviam diminuído para menos de dez mil. O número de seguidores continuava diminuindo, diminuindo. E o número de xingamentos nas caixas de comentários continuava aumentando, aumentando.

A alma do mestre estava se revirando, conforme se enchia de tristeza, mágoa, desesperança e frustração. Ele estava prestes a virar um espírito maligno da rede. Os funcionários da Akosilé Oju foram abrindo caminho, com armas para o eliminar. Então, experimentei olhar para a senhora Larissa Okikiade. Ela ali, ainda sentada de pernas cruzadas na sua poltrona frondosa. No meio da confusão, entre celebridades furiosas e guardas raivosos, ela sorria abertamente. E olhava diretamente para o mestre. Era um olhar tão perverso que quase caí dura de pavor. Voei para junto do mestre, que segurou uma das minhas patas. Aí, usando o pouco que restara das suas forças, acionou seus dons sobrenaturais de *emi ejé*. Desapareceu. E eu fui junto com ele.

Fomos reaparecer nos seus aposentos, no Setor 8 da Rua Treze. O mestre Abimbola estava todo ferido, nos dedos, na cabeça, no corpo todo, na alma. Seu espírito estava em pedaços. Ainda recolhido em posição fetal, chorava muito. Fazia força para respirar. Fui tentar ajudá-lo... E, então, alguém me empurrou. De novo. Alguém chutou o mestre no chão. De novo. Esse alguém enfiou o pé no peito do mestre. Apontou uma lança de ponta energizada, a poucos metros de seu rosto.

— E aí? Ainda acha que tudo isso é uma brincadeira? Seu moleque! — indagou o primo do mestre, o caçador João Arolê.

O mestre Joselito Abimbola, então, aproveitou para finalmente desmaiar de vez.

"Oxóssi é tão severo que não perdoa nem a si mesmo."
— Frase atribuída à Honorável Presidenta Ibualama.

Somos números
Somos dados
Somos textos e comentários
Somos qualquer coisa
Exceto seres humanos...

Um textão nas redes sobrenaturais é uma saraivada mortal de tiros

Quando dois influenciadores se encontram no mundo imaginário das redes sobrenaturais
Seu instinto guerreiro os leva a combater um ao outro
Até a morte
Suas armas são as palavras que teclam
Palavras e mais palavras
Argumentos contundentes e textos relevantes
Pronunciamentos de suma importância
Cada palavra é um tiro
É um golpe de espada
Um disparo de água fervente
Uma rajada de energia plasmática
Uma flecha de ponta energizada
Cada palavra é um tiro
Um textão é uma sequência de tiros
A mais terrível chuva de tiros possível
O guerreiro que é vítima de textão dificilmente sai vivo
Perderá seus seguidores
Será cancelado
Acaba virando um espírito maligno
As redes sobrenaturais são arenas de sangue e luta
As redes sobrenaturais não são para fracos e covardes
As redes sobrenaturais são para os bravos guerreiros que influenciam o mundo...

O primo querido

— Como cidadão de Ketu Três, filho de Orixá e Ogã, exijo saber o que significa isso? — disse o mestre, extremamente contrariado.

— Como vocês dizem: não sei lidar...— respondeu seu primo, João Arolê.

Ninguém sabe lidar com você.

Quando acordou, alguns minutos atrás, o mestre Joselito Abimbola se percebeu sentado numa cadeira de ferro. Estava preso, nos braços e nas pernas, com grilhões metálicos atados à cadeira. Eu estava no seu ombro. Estávamos num aposento retangular, também de ferro. Todo fechado, sem janelas. Alguns vasos de plantas decoravam o local e nos mantinham com algum frescor.

Sentado de frente para nós estava João Arolê, alto e magro, pele marrom-realeza, penteado crespo bem curto, traje azul de peça única, tatuagens tribais esbranquiçadas que pareciam fluorescentes na pouca luz que nos iluminava, braço cibernético recoberto com pele sintética, olho biônico de cristal azul, fio de contas azul turquesa.

Primo maravilhoso, diz aí.

— Vou repetir mais uma vez — disse o mestre Abimbola. — Eu exijo...

— Tomou uma surra da Larissa Okikiade, hein? — João Arolê o interrompeu.

O mestre fechou a cara.

— Sabe, não entendo nada desse negócio de rede sobrenatural — João Arolê continuou dizendo. — Mas tá todo mundo só falando disso aí. Até na TV, revistas...

— Cê não sabe o quanto fui ferido... — o mestre sussurrou.

— Machucou? — o senhor Arolê sorriu. — Que bom.

— Isso é sério...

— Sério é o que você e seus amiguinhos estão fazendo. Brincando com o que não devem.

— Do que cê tá falando, primo?

— Para de me chamar de primo.

— Mas... nós somos primos.

— Arolê pra você.

— Primo...

— Nina! — disse João Arolê, se virando para uma das paredes. — O paspalho já acordou. Pode vir!

Sem olhar para o mestre, o senhor João Arolê se levantou, caminhou até o canto esquerdo. Uma porta abriu, ele saiu, a porta fechou. Uma lágrima silenciosa escorreu do olho direito do mestre.

> *Está chorando por quê? Depois de tudo o que fez, o que esperava? Para de fingir que está triste! Só está com medo porque sabe do que ele é capaz...*

Após um certo tempo, o mestre levantou a cabeça, olhou para mim e perguntou:

— Bicho... Como a gente chegou até aqui?

— Não sei, mestre — respondi.

— Como não sabe? Desmaiou também? Usaram sedagem telepática em você ou algo assim?

— Não. Depois que o mestre desmaiou, o senhor João Arolê colocou vendas psicotrônicas nos meus olhos...

— Quê? E você não tentou fazer nada?

— Eu ia fazer o quê? Ele tem uma lança de ponta energizada.

— Por que ele ia te vendar? Você é só um bicho!

— Sei lá, pergunta pra ele... Só lembro que ele colocou a venda, me trouxe nos braços com cuidado... A venda isolou meus sentidos, perdi a noção do tempo. Quando dei por mim, estávamos aqui.

— Você ficou toda dócil só porque ele te pegou com cuidado?

— Ele me tratou com mais delicadeza do que o senhor me trata, mestre.

— Ora, sua...

A porta se abriu de novo. O mestre se calou. Entraram o senhor João Arolê, uma mulher e uma menina. A mulher tinha altura média, não era gorda nem magra, usava traje cinza de peça única, fio de contas azul marinho. Era uma pele marrom-ferro. Se destacavam o cabelo roxo, bem curtinho, e o antebraço metálico, cibernético. Já a menina, também pele marrom-ferro, trajava roupas largas, camiseta de basquete, jeans bem solto. Seu cabelo, encaracolado, era bem grande, com tranças verdes. Baixinha, muito magra, parecia uma criança de uns doze anos. Olhar feroz, me deu até medo. Já não a vi antes?

> *Acho que você está ferrado, senhor Joselito Abimbola. É melhor abaixar a cabeça, fingir que não conhece ninguém.*

A mulher do antebraço metálico se sentou na cadeira de frente para o mestre. Com um gesto, outras duas cadeiras brotaram do chão, pelo que consegui entender, foram se montando a partir de circuitos e mecanismos. A menina e o senhor João Arolê se sentaram.

Abaixa a cabeça, seu marmota. Fica quieto!

O mestre ficou olhando para o chão. Os três olhando para o mestre. Então, a mulher com antebraço cibernético olhou para mim, disse:

— Olha... Passarinho!

— Hum? — indaguei. — A senhora... tá falando comigo?

— Sim! — disse ela, sorrindo. — E sou muito nova pra ser chamada de senhora, né?

— Desculpe, senhora — eu disse. — Há, quer dizer...

— Caramba — disse a menina, arregalando os olhos. — O passarinho fala mesmo!

— Sim, fala — disse a mulher. — É um espírito modificado, criado artificialmente. Que nem você, Jamila! — agora foi a minha vez de arregalar os olhos.

— Que legal! — exclamou a menina. — Oi, irmãzinha!

Quê? Essa menina é que nem o bicho?

— O-oi... — disse eu, tímida.

— Quantos anos você tem? — perguntou Jamila.

— A-acho que... tenho pouco mais de dez... — eu disse, incerta. — É mais ou menos a época em que fui entregue ao mestre...

— Caramba! É mais velho que eu! — exclamou a menina, sinceramente impressionada. — Você sabia que só tenho uns seis anos?

A menina Jamila era espontânea e agradável, mas eu tinha a impressão de que já a havia visto em algum lugar...

Você está ferrado, Joselito Abimbola! Essa menina vai arrancar a sua cabeça fora!

— Jamila — disse a mulher. — Que modos são esses? Não é educado perguntar a idade de uma garota, sabia?

— Ela é menina? — Jamila se impressionou de novo.

O bicho é fêmea, isso não é óbvio?

— Perdoe os modos da mocinha — disse a mulher, sorrindo. — Atualmente, nós que somos responsáveis pela educação dela. Mas, como dá pra perceber, ainda temos muito o que melhorar... — João Arolê segurou um risinho. Até eu tive vontade de rir. O mestre permanecia em silêncio.

Malditos palhaços! Por que não estou conseguindo fugir daqui?

— Tá me zoando, Nina? — disse Jamila.

— Qual é o seu nome, garota? — ignorando a Jamila, a mulher perguntou. Para mim. Tive que fazer um esforço para não engasgar.

— Ah... é... a mãe do mestre me deu o nome de... Genoveva... Genoveva Abimbola...

Cala essa boca, bicho imbecil! Para de conversar com essa gente!

— Prazer, Genoveva! — disse a mulher — Meu nome é Nina, Nina Onixé.

— Oi, senhora. Digo, Nina. É...

— Suas penas azuis e amarelas são muito bonitas, Genoveva! — Jamila acabou dizendo.

— Apesar das circunstâncias, fique à vontade, viu? Pode voar pelo recinto. Vamos providenciar comida em breve, tá bom?

Não... Não me deixa sozinho!

— Ah — eu disse, ainda tímida, ainda sem jeito. Não estava acostumada com humanos além do mestre falando comigo —, não precisam se incomodar...

— Por que a gente não pode soltar a Genoveva daqui? — Jamila perguntou.

— Ela é um espírito modificado, ligado sobrenaturalmente ao Joselito Abimbola — Nina respondeu. — Ela não pode ficar muito longe dele... senão, pode acabar morrendo.

— Que horror! — Jamila exclamou.

O bicho é meu!

— Ligada pra sempre a esse moleque... que destino triste — quem disse isso foi o senhor João Arolê. De braços cruzados, olhando para o mestre o tempo todo. A fala do senhor Arolê fez o mestre levantar um pouco a cabeça.

Como ele me dá medo...

— Primo... — o mestre ia dizendo, mas viu o olhar do senhor Arolê e se deteve.

— Bom — disse Nina. — Pelo visto, agora é hora de trocarmos uma ideia com o rapaz Joselito.

É hora de me deixaram em paz!

As senhoritas Nina Onixé e Jamila olharam para o mestre Joselito Abimbola, que passou a encará-las também. A tensão era tamanha que resolvi aceitar a permissão de voar pelo recinto. Deixei os ombros do mestre e fiquei voando baixo. O quarto em que estávamos não tinha janelas nem nada, a única forma de entrar e sair parecia ser por aquela única porta. Fiquei olhando de cima enquanto se encaravam lá embaixo. Nessas horas, realmente é muito bom ser um bicho. A senhorita Nina disse para o mestre:

— Senhor Joselito. Ogã Joselito Abimbola. Filho de Logun Edé.

Pois é, Ogã! Deviam me tratar com mais respeito!

O mestre levantou a cabeça, para encarar Nina.

— Sou eu. Ogã.

— Desde já, pedimos muitas desculpas pelo tratamento rude, senhor — disse ela.

Ora!

— Decerto — disse o mestre. — Se honram as tradições, então mereço mais respeito...

— Não merece nada — retrucou João Arolê.

— Cale a boca, João! — ordenou Nina. — Sou eu quem tá falando com ele agora.

Toma essa!

— Mais respeito, só isso — disse o mestre. — Sou Ogã.

— Decerto — respondeu Nina. — Mas, mesmo considerando a hierarquia, todos merecemos respeito. O senhor concorda?

Quem é essa mulher?

— Ué, sim — disse o mestre.

— Então, o senhor concorda que o senhor nos faltou com o respeito.

Quê?

— Do que cê tá falando? — questionou o mestre.

— João e Jamila — disse a senhorita Nina.

Marmota!

— Mas...! — o mestre parecia que ia engasgar. — Eu... É que...

— Então — Nina continuou —, imagino que o senhor entenda por que tivemos de agir assim.

— Não sei... — disse o mestre. — Não sei de nada! Não... Não sei quem são vocês... Eu...

— Como eu disse antes pra Genoveva, me chamo Nina Onixé — disse ela. — Sou filha de Ogum, Equede do Ilê Bunkun Alawó.

Equede? Essa mulher?

— E o senhor? — indagou a senhora Equede Nina. — É Ogã da casa...?

Desgraçada!

— Eu... bom.

— Entendi — a senhora Nina Onixé soltou um sorrisinho.

Atrevida!

— Além de Equede, sou a líder deste grupo — a senhora Nina continuou falando. — Somos o grupo Ixoté.

Ixoté?

— Quê? — exclamou o mestre. — Vocês existem mesmo? Nunca consegui informações sobre vocês!

— Nunca vai achar — disse a senhora Nina. — Nem mesmo os seus poderes sobre as redes sobrenaturais são capazes de nos alcançar.

Fazem jus à fama...

— As redes... — o mestre resmungou. — É. Pois é. Tá tudo quieto. Totalmente quieto. É. O silêncio tá me incomodando. Muito. O que vocês fizeram?

Não estou me aguentando!

— Estar desconectado é tão ruim assim? — Nina perguntou.

Lógico que sim!

— Não tá vendo que eu tô quase babando? — o mestre retrucou.
— Sentimos muito — disse ela. — Então, aqui não há conexão alguma. O senhor não é capaz de utilizar nenhum dos seus dons sobrenaturais aqui. Por isso, sugiro que pare de se desgastar tentando fugir... Só tá gastando energia à toa.

Estão me torturando! Que absurdo! São piores que as Corporações!

— Agora, aqui entre nós, senhor Ogã... — a senhora Nina abaixou a voz. — Que surra foi essa que o senhor tomou da Ebomi Okikiade, hein?!

@#$%@&#!

O mestre fez umas caretas. Resmungou mais alguma coisa que não ouvi. A senhora Nina continuava olhando para ele. João

Arolê parecia impaciente. Depois de um tempo, a menina Jamila tomou a palavra:

— Então... É esse aí o cara que me filmou, fez vídeo nas redes...

Essa não!

Pelas barbas de Oxalá. Lá do alto, eu quase caí dura. Essa aí é a menina que... destruiu o Setor 10 naquele dia. Destruiu tudo em dez minutos. Só com socos e pontapés. Furiosa e descontrolada.

Eu vou morrer eu vou morrer eu vou morrer eu vou morrer eu vou morrer eu vou morrer eu vou morrer eu vou morrer eu vou morrer eu vou morrer eu vou morrer eu vou morrer...

O mestre suava horrores.

— Que foi? — disse Jamila, com uma expressão pouco amistosa. — Não tá achando graça agora?

Cuidado com o que vai falar cuidado com o que vai falar cuidado com que o vai falar cuidado com o que vai falar cuidado...

— Você... — o mestre disse, incerto. — A garota genial que... com sua grande força... se impõe... contra as Corporações... uma poderosa guerreira!

— Jamila Olabamiji, Iaô de Ogum — disse ela. — Eu tenho nome, senhor Ogã. E você não tinha o direito.

Seu imbecil!

— Eu... eu tinha que informar as pessoas! Você... tava destruindo tudo! Era meu dever alertar a população... Ai!

O mestre foi interrompido. Sentada onde estava, a menina

Jamila havia desferido um peteleco no ar... e o ar deslocado pela pressão fortíssima de seus dedos acabou causando um rasgo na bochecha do mestre. O sangue começou a manchar a calça do mestre, que fechou os olhos numa expressão de dor.

Sua... Você não entende que... Era uma oportunidade de ouro! Se eu não tivesse feito o vídeo, outro teria feito!

A senhora Nina colocou a mão metálica no ombro da menina, e tomou a palavra.

— É meio óbvio, Joselito, mas parece não ser pra você. Afinal, o seu canal de vídeo nas redes sobrenaturais, entre outras coisas, apresenta situações perigosas, não é isso?

— Sim... — respondeu o mestre, ainda fazendo careta de dor.

— Então — Nina continuou dizendo —. Você expõe pessoas sem o consentimento de ninguém, não é isso? Tudo em troca de popularidade nas redes sobrenaturais...

Essa é a lei das redes! Não devia haver nenhuma surpresa nisso!

— Não é isso... — sibilou o mestre. — Vocês... não são capazes de entender...

— Não somos capazes? — Nina perguntou. — Poderia nos explicar, por gentileza?

Ah, chega.

— Explicar o que já expliquei um monte de vezes? — o mestre bradou, altivo, com a bochecha escorrendo sangue. — O tanto que já falei por aí! Em que mundo vocês vivem? Se lessem os meus posts centrais da alimentação, vocês veriam que...

De repente, uma voadora, direta, certeira, nas fuças do mestre Joselito Abimbola. O senhor Arolê simplesmente voou em alta velocidade. Daqui de cima, ouvi o nariz do mestre se quebrando. A senhora Nina meneou com a cabeça, mas a menina Jamila sorriu. O mestre Joselito Abimbola ofegava, com óbvias dificuldades para respirar. Suas roupas purpurinadas estavam encharcadas de vermelho.

Agora sim... Esse aí, com certeza, vai me matar...

João Arolê pôs-se de pé.

— Já disse que não tenho paciência — falou ele. Nina olhou muito feio para João Arolê.

— Ele é Ogã, João! — exclamou ela.

— E eu com isso? — cuspiu ele.

Os dois ficaram se encarando. Até que o olhar da senhora Nina faiscou. O senhor Arolê voltou a se sentar.

Pelas barbas de Oxalá... Essa Nina deve ser ainda pior que esses dois... Ai, meu Pai, vou morrer de verdade aqui...

Com uma expressão de dor e uma voz empapada de sangue, o mestre disse:

— Eu... sei que vacilei contigo...

— Você expôs algo muito sério — João Arolê disse, nitidamente se contendo. — Só pra ganhar suas ridículas flechinhas.

Você não... Eu tinha que... Eu... Eu precisava...

— As pessoas... precisavam ser informadas...

— Você mostrou pra todo mundo eu destruindo cérebros — disse João Arolê, sentado, no seu esforço extraordinário de não espancar seu primo até a morte. — Me mostrou todo coberto de massa encefálica. Mostrou pra todo mundo. Nas redes sobrenaturais.

Eu... Eu...

— As Corporações... — o mestre ofegou. — A culpa... é das Corporações... era meu dever...

O senhor João Arolê se levantou de novo, desta vez, devagar. Olhou para Nina, que acabou concordando. Ele colocou o rosto bem próximo ao rosto do mestre. Tudo bem devagar. Foi aí que comecei a temer pela minha própria vida, pois, se o mestre fosse morto ali, eu também morreria...

— Você expôs pra todo mundo um dos piores momentos da minha vida — disse João Arolê, cara a cara com o mestre.

Sim... eu fiz isso mesmo...

— P-primo...

— Se me chamar de primo mais uma vez, vai morrer aqui mesmo. Não vou repetir.

A-ah...

— A-Arolê — o mestre consentiu.

— Admita que você nos expôs somente, e unicamente, pra lucrar. Pra aumentar sua fama nas redes sobrenaturais — o senhor Arolê exigiu.

— Mas...

— Admita!

Marmota!

—Admito! — o mestre cedeu, deixando as lágrimas caírem. — Faço tudo pela fama! Faço tudo! Admito! Tá feliz agora?!

Você... realmente quer morrer.

João Arolê se pôs ereto. Levantou a mão esquerda, seu braço cibernético, oculto por debaixo da pele sintética. Os mecanismos do braço começaram a se agitar, brilhando um pouco. O punho cibernético do senhor Arolê se fechou, eu comecei a descer, com medo...

Adeus...

— Chega, João Arolê — Nina disse, seca. — Ele já entendeu.

João Arolê continuou olhando para o mestre, que tinha abaixado a cabeça para chorar e sangrar em paz. João Arolê abaixou o punho, se virou e voltou a se sentar. A menina Jamila olhava tudo sem dizer nada, parecia satisfeita.

Eu... sou tão marmoteiro assim?

— É tudo... culpa das Corporações... — o mestre sussurrou, desgraçado que dava pena. — Nosso inimigo... são as Corporações...

— Que bom que, pelo menos nisso, concordamos — disse Nina, sorrindo. — Porque você vai trabalhar pra nós.

Quê?

— O João tem razão — a senhora Nina continuou dizendo. — Você, e seus amigos influenciadores, tão se metendo num jogo muito perigoso...

— Do que vocês...? — o mestre Joselito começou a falar.

— Estamos dizendo que o senhor Ogã vai nos ajudar na missão de desmantelar as redes sobrenaturais de Ketu Três.

Quê?

Tive de me esforçar para não cair quando senti o mestre quase se desmanchar todo em sangue, lágrimas e suor.

"A flecha atirada é que nem a palavra proferida: nunca mais retorna."
— Frase dita pela Honorável Presidenta Ibualama a um arrogante filho de Oxóssi.

Não consigo alcançar
Vocês sentem de verdade
Não consigo entender
Vocês amam de mentira...

Ketu Três se torna a cidade mais exuberante do Mundo Novo

Ketu Três é uma cidade fundada pelos filhos de Oxóssi no Mundo Novo
Os filhos de Oxóssi foram trazidos junto com os demais filhos dos Orixás para este novo mundo estranho
Os filhos dos Orixás foram trazidos à força para este Mundo Novo
Forçados pelos invasores alienígenas
Que tinham invadido o Mundo Original
E no Mundo Novo
Após anos e anos e anos de dominação e supremacia
Os filhos dos Orixás libertaram a si próprios
Exterminaram todos os alienígenas
Muitos anos se passaram
Várias cidades foram fundadas no Mundo Novo
Pelos filhos dos Orixás
Que retomaram o controle de suas próprias vidas
Voltaram a caminhar no mundo de acordo com seus próprios interesses humanos
De acordo com a sua própria imagem cultural
Com a bênção dos ancestrais
Os filhos de Oxóssi herdam naturalmente a vaidade de seu Pai ancestral
Os filhos de Oxóssi são conhecidos por serem belos e muito vaidosos
Em Ketu Três, todos se vestem com exuberância
Quando comparado com outras cidades
Em Ketu Três, tornou-se comum vestir-se com muitas penas e panos

Muitos penteados de muitas cores foram se multiplicando
Muitos penteados de muitos estilos e sabores diferentes
Dreadlocks, black powers, tranças enraizadas, tranças soltas, topetes crespos, cabeças raspadas e além
Nas grandes cidades do Mundo Novo, as pessoas se vestem muito bem
E exibem belíssimos penteados de seus cabelos crespos e encaracolados
Pois é essa a natureza do povo melaninado, filhos dos Orixás
Mas nenhuma outra cidade é como Ketu Três
Com muitas peles e panos
Muitas penas de pavão e de pássaros coloridos
Muitos e muitos e muitos cabelos coloridos em estilos diferentes
As Ebomis e Mães Empresárias são as mais exuberantes de todos os habitantes
Mas mesmo os mais humildes abiãs de Ketu Três são espalhafatosos
Pois a cidade em si é um deslumbre só
A cidade de Ketu Três é toda iluminada
Todas as horas do dia
A cidade Ketu Três é repleta de tecnologia holográfica
Telas e painéis holográficos, televisores e videogames holográficos, telefones e dispositivos de conexão holográficos, limpadores de banheiro holográficos
Muita luz, muito som, muito brilho
A tecnologia de Ketu Três é exagerada e exuberante para atender aos anseios de seus habitantes
Tudo em Ketu Três é exagerado
As músicas são sempre cheias de vida
Os músicos são mestres da arte do barulho refinado
Do samba ao jazz, do soul ao funk, do rock ao heavy metal

As ondas sonoras dançam e explodem nos ares de Ketu Três
Os cheiros de inúmeros perfumes competem todos os dias
Quem brilha mais, quem chama mais atenção
Os prédios são sempre grandiosos, brilhantes, poderosos
Seja um arranha-céu imponente do Setor 11
Seja uma casinha simples do Setor 3
Pois mesmo as mais simples casas são todas coloridas, brilhantes, barulhentas e cheirosas
Até mesmo as plantas são extravagantes
Até mesmo o reino vegetal é afetado pela atmosfera do exagero
As plantas de Ketu Três brilham até no escuro
As florestas de Ketu Três estão entre as matas mais belas do mundo
Com um ecossistema repleto de animais e plantas dos mais variados
Especialmente pássaros
Os pássaros estão por toda parte da cidade
E as pessoas adoram se vestir com penas de pássaros
Ganha quem se exibe mais
Sempre mais, sempre mais
Pois em Ketu Três é tudo sempre mais
Sempre em abundância de riqueza e fartura
Ganha quem se exibe mais, quem aparece mais
O Mundo Novo é repleto de cidades erguidas pelos filhos dos Orixás
E nenhuma dessas cidades é tão espalhafatosa e exuberante
Ketu Três é a cidade dos superlativos e exageros
Ketu Três é a terra da abundância e fartura
Ketu Três é a cidade da exuberância e espalhafato
Ketu Três é a terra erguida pelos filhos de Oxóssi
Os mais belos filhos e filhas do Mundo Novo.

INTERLÚDIO

Nós amamos as pessoas, apesar de todas as decepções. Mas amamos ainda mais nosso Pai Oxóssi.

Nosso amado Pai Oxóssi. É lamentável o estado em que estamos. Decaímos de nossa alta posição. Parece que regredimos à época dos últimos anos no Mundo Original, quando perdemos os dons dos ancestrais e fomos presas fáceis dos conquistadores alienígenas. Nossa sociedade se degrada em futilidades e egoísmos (dói demais proferir um clichê desses, inclusive). Parece que a humanidade se repete nos seus erros, sempre, sempre, sempre...

Nós tínhamos um acordo e esse acordo não foi cumprido.

Nosso Pai Oxóssi nos abençoe. Parece que esquecemos do que somos e do que éramos. Esquecemos que fomos dominados e escravizados por uma raça alienígena, que se aproveitou da nossa fraqueza. Esquecemos que um dia fomos uma raça fraca, vitimados por nossa própria arrogância. Fomos uma raça fraca e estamos vendo acontecer de novo.

Essas jovenzinhas que nos governam precisam aprender modos. Estão permitindo que seus maridos e filhos façam o que quiserem. Esses moleques. De onde viemos, as coisas são diferentes.

Eles descumpriram o acordo, e elas permitiram. Isso não podemos permitir.

Amamos nosso Pai Oxóssi, mas amamos ainda mais as mães que vieram antes de nós...

Amamos as mães ancestrais mais do que tudo no mundo.

Mesmo que este mundo tenha que deixar de existir...

III CANCELAMENTO

As desventuras de Joselito no mundo da caixa de comentários (início)

Logun Edé, filho de Oxum com Oxóssi. Logun Edé, o príncipe da magia e do encanto. Logun Edé, filho da vaidade e do orgulho. Logun Edé, o príncipe feiticeiro que gosta de mergulhar no lago...

Estamos mergulhados no Lago, onde o sonho e o pesadelo se encontram. O horizonte a nossa frente era repleto de estrelas. Estrelas, planetas, meteoros, nebulosas. O chão era de capim ferroso, opaco, estranhamente macio, como se fosse verde. O mar de escuridão galáctica no céu se estendia para além da vista.

— Eu não queria falar demais, tá bem? — disse o mestre. — Eu não queria. Mas quero saber se estamos no caminho certo. Essa é a coisa certa a ser feita...

— O senhor tá falando demais — disse a senhora Nina, logo atrás dele. — E quem deve dizer se é o caminho certo ou não é o senhor.

Para que eu sou Ogã se ninguém me respeita?

— Arriscado demais recrutar esse... farsante — objetou João Arolê.

— João, até pouco tempo atrás você nem participava das nossas missões porque "tinha mais o que fazer" — pontuou a senhora Nina.

Toma essa!

O senhor Arolê se limitou a grunhir algo inaudível como

resposta. Na verdade, estavam todos conversando baixo, a passos leves, em fila. O mestre na frente, eu no seu ombro; atrás, a senhora Nina, a senhorita Jamila, o senhor João Arolê e um outro rapaz, um pele marrom chamado Alfredo Abejide.

— Por que a gente não trouxe o Rodolfo? — queixava-se Jamila. — O Rodolfo é tão fofo! Ele ia ser muito mais útil aqui...

— Já disse que o Rodolfo tá em outra missão, com outra célula nossa — disse a senhora Nina. — E não, o Rodolfo não seria útil aqui, ele consegue ser mais nulo que o João no manejo com as redes sobrenaturais...

— Por que a gente tinha de trazer logo o Alfredo? — a senhorita Jamila continuou se queixando.

Essa garota só reclama!

— Não gosta de mim, menina? — perguntou o rapaz.

— Você é que não fala direito comigo... — retrucou Jamila.

— Eu já disse que tenho nome!

— Eu posso dizer que não gosto de você — disse o mestre para o senhor Abejide. — Você se acha muito, não gosto disso.

— Você é outro chato! — disse Jamila. — Você só não gosta de ninguém que se acha mais do que você mesmo.

— O senhor Ogã gosta de mim sim — respondeu Alfredo. — Fica me olhando o tempo todo.

— É porque você é muito gato... — admitiu o mestre.

Esse desgraçado é bonito mesmo!

— Eu sei — disse Abejide.

Convencido!

— Chatos! — reclamou a senhorita Jamila.

Chata!

— Vocês são idiotas ou o quê? — resmungou o senhor Arolê.

Resmungão!

— Calem-se, todos vocês — ordenou a senhora Nina. — Alfredo, mantenha a concentração, por gentileza.

Sim, senhora...

A senhora Nina estava mais que certa, uma vez que os poderes ilusórios de Alfredo Abejide eram tudo o que nos protegia do tumulto ao nosso redor. Aqui dentro do Lago, esse cenário de céu galáctico e chão de capim era a caixa de comentários de um textão postado pela senhora Nina. Espalhados por toda parte, estavam montes e montes de gente, pretensos influenciadores, engajados uns contra os outros para decidir quem detinha a razão sobre a última polêmica da pensamentista Larissa Okikiade. As pessoas simplesmente se agrediam com socos, pontapés, tiros e superpoderes, numa balbúrdia sem fim de todos falando e ninguém se escutando. Alguns surrupiavam palavras da senhora Nina para criar ondas de distorção, enquanto outros se posicionavam das formas mais dramáticas possíveis. A maioria buscava a autopromoção a qualquer custo. Estavam todos se engalfinhando em toda parte, na nossa frente, atrás, até mesmo voadores se esmurrando acima das nossas cabeças.

> *Por que tanta imbecilidade nas redes sobrenaturais? Por que eu participo disso?*

Os dons sobrenaturais do senhor Abejide estavam eliminando nossa presença das mentes das pessoas ao nosso redor, como se fôssemos apenas mais uma parte do cenário. Não fosse por isso, estaríamos com certeza sendo abordados por aqueles que exigem posicionamento imediato e debate instantâneo. Seria perigoso se fôssemos pegos nesse fogo cruzado, uma vez que estávamos aqui no Lago não apenas com nossas almas, mas também com nossos corpos. Afinal, o mestre Abimbola havia usado seus poderes para nos trazer para cá.

> *Logun Edé é o senhor do lago. Está em casa, senhor dos rios. Renove-nos e nos dê proteção. Orixá caçador, o caçador que é o Orixá das matas e dos rios. Vamos pegar o arco e a flecha para cultuá-lo.*

Após escaparmos de mais uma granada de problematização que explodiu bem do nosso lado, a senhora Nina chegou perto do mestre e disse:

— Senhor Ogã.

— Senhora Equede — respondeu o mestre.

— Onde fica o próximo link? — ela perguntou.

Não podíamos parar, porque era tiro, porrada e bomba para tudo quanto era lado. Então, o mestre teve de se concentrar enquanto andávamos. Ele fechou os olhos por uns instantes.

> *Sou filho do senhor do lago...*

E apontou para a nossa direita. Exatamente onde um jovem revolucionário de tranças exibia uma dança acrobática com sua longa saia multicolorida. Seus oponentes não conseguiam se aproximar, os que chegavam muito perto eram rasgados pelas lâminas de argumentos contundentes nas extremidades da saia.

— Um belo posicionamento contra as Corporações, devo admitir — opinou Alfredo Abejide.

— Um cara bonito que nem você admirando um amador desses? — queixou-se o mestre para o senhor Abejide.

— Ué, o rapaz de saia é da sua turma: performa muito nas redes sobrenaturais, não faz nada no mundo real... — objetou a senhorita Jamila.

Me deixa em paz!

— Foco, gente — a senhora Nina cortou o assunto. — O link tá na performance do rapaz? — ela perguntou para o mestre.

— Sim... — o mestre respondeu. — As lâminas da saia formam um link que ele tá exibindo pra embasar o comentário. Vai nos levar pra um fio didático-conspiratório sobre as opressões antimundanas orquestradas pelas farmacêuticas...

— Ótimo — disse a senhora Nina. — Conduza-nos, senhor Abimbola.

— Talvez... — o mestre vacilou. — Talvez eu não seja a melhor pessoa pra...

— Faz logo o que ela mandou! — exigiu o senhor João Arolê.

Respeita as minhas questões!

O mestre realmente deveria nos conduzir, afinal havia nos trazido para cá. Pouco antes de virmos, ainda na base dos Ixoté, a senhora Nina havia perguntado ao mestre:

— Quantas pessoas você consegue levar pro mundo imaginário das redes sobrenaturais?

— Peraí, senhora... — o mestre tentou argumentar.

— Fica tranquilo — disse a senhora Nina. — Então, quantas pessoas?

— Que tranquilo o quê?! — exclamou o mestre. — Se eu me envolver com os assuntos de vocês...

— Quer levar outro chute na cara? — ameaçou João Arolê, se levantando. O mestre já foi tentando se encolher, só que ainda estava preso na cadeira.

— Já disse pra ficar quieto, João — ordenou Nina. — Então, senhor Abimbola. Por gentileza, não me faça repetir a pergunta. Nosso querido João não vai se segurar por muito tempo.

— Quatro, cinco pessoas — respondeu o mestre. — Quando muito...

— É suficiente — disse ela. — Então, vamos. Agora mesmo.

A menina Jamila se levantou, segurando uma seringa de ferro, acabamento de madeira. Antes que o mestre tivesse tempo para arregalar os olhos a menina o espetou, injetando o conteúdo. O mestre Abimbola gritou de dor, como se tivessem arrancado seu braço fora.

— Esse aqui choraminga mais que o Pedro Olawuwo! — exclamou a senhorita Jamila, naquela ocasião. Não fiz ideia a quem ela havia se referido.

— Esse dispositivo diluído que foi injetado em você acabou de deixar na sua corrente sanguínea uma série de nanoaplicativos — disse a senhora Nina. — Esses brinquedinhos vão impedir que você tente fugir de nós durante nossa missão. Também vai curar o seu nariz quebrado.

Nitidamente, o mestre sentiu mais dores ainda enquanto seu nariz se reconstituía, porém, fez um esforço meio patético para parecer durão.

— Mas que missão é essa? — exclamou o mestre. — Vocês querem acabar com as redes sobrenaturais? Sabem das consequências disso?

— Nós sabemos — disse a senhora Nina.

— Sabem como? — o mestre questionou. — Vocês nem sabem como as redes funcionam!

— Toda a molecada da minha idade já nasceu na rede — Jamila pontuou. — Ah, sua namorada Valentina Adebusoye era minha colega de turma

— O quê? — o mestre acabou exclamando.

— Meu trabalho é caçar monstros espirituais na Rua Treze — objetou o senhor João Arolê. — O que inclui os espíritos malignos das redes sobrenaturais.

— Eu sou a dona do blog Forja da Centralidade — declarou a senhora Nina, e o queixo do mestre fez o possível para alcançar o chão.

— Seu blog é muito bom! — exclamou ele. — Você tem mais de 50 mil seguidores!

— Eu sei — a senhora Nina respondeu.

— Centralidade... os temas que você aborda nos seus posts... Vocês são tradicionalistas — concluiu o mestre.

— Somos — a senhora Nina concordou.

— É por isso que querem derrubar as redes sobrenaturais? — o mestre perguntou. — Só porque algumas pessoas acabam sendo canceladas, não é motivo pra...

Lembro que o mestre se calou imediatamente quando foi

atingido em cheio pelos olhares do senhor João Arolê, da menina Jamila e, principalmente, pelo olhar sinistro da senhora Nina.

— Se o destino das redes é serem dominadas por idiotas que nem você, talvez tenham de acabar mesmo... — pontuou a menina Jamila.

— Infelizmente não podemos curar a estupidez das pessoas — disse a senhora Nina. — Não queremos acabar com as redes sobrenaturais em si, mas sim com quem transforma seres humanos em monstros.

— Queremos acabar com a farmacêutica Olasunmbo... — disse a senhorita Jamila, com os olhos faiscando. — Temos contas a acertar com eles.

— Nossos agentes avançados descobriram que o resultado dessas experiências que criam espíritos malignos pode estar escondido bem fundo nas redes sobrenaturais... — disse a senhora Nina. — Você, Ogã Joselito Abimbola, vai usar seus poderes sobrenaturais pra nos levar até a rede profunda.

O mestre se exasperou.

— Mas... mas...! Nem eu nunca me atrevi a ir lá! — exclamou ele.

— Nós sabemos — disse a senhora Nina.

— É perigoso demais! A rede profunda é um poço de espíritos malignos!

— Exatamente por isso que iremos pra lá — ela disse novamente.

— Mas...!

— Mas nada, seu palerma — o senhor Arolê irrompeu. — Você vai nos ajudar. Você, e seus amiguinhos também são responsáveis por isso. Vocês contribuem pro nascimento desses monstros!

O mestre abaixou a cabeça, sem argumentos.

— Acabei de postar no Chilro — a senhora Nina disse. — "Se você apoia as farmacêuticas, você apoia a destruição do povo melaninado!"

— Isso vai atrair um monte de problematizadores! — exclamou o mestre.

— Exatamente — disse a senhora Nina.

— Vão xingar muito a Okikiade nas redes, adoro — deleitou-se o mestre. — Vocês sabiam que ela é patrocinada pelas farmacêuticas?

— Sabemos e não nos importamos — disse a senhora Nina.

— Deveriam se importar! — o mestre suplicou. — Ela...!

— Não é problema nosso — disse a menina Jamila. — A gente não se distrai com as polêmicas ridículas que vocês criam só pra chamar atenção!

O mestre tentou falar alguma coisa ridícula, mas se sentiu ridículo demais e desistiu.

— Você consegue identificar links, não consegue? — perguntou a senhora Nina.

— Sim... — o mestre respondeu.

— Então, nós vamos pular de link em link até chegar num poço que nos leve para a rede profunda — disse a senhora Nina.

— Mas...

— Chega de "mas", senhor Ogã. Nós estamos indo. Agora mesmo — a senhora Nina finalizou.

E aqui estamos. Já havíamos atravessado umas sete ou oito caixas de comentários por meio dos links desde que entramos no textão da senhora Nina. Em todos os posts, fomos recebidos com muitas discussões super pertinentes sobre os rumos das questões socioespirituais de Ketu Três, das divergências Setoriais entre peles marrons e peles pretas e das responsabilidades afetivo-ancestrais nas relações entre abiãs e Iaôs. Mas nada superava o tanto de pessoas que tentavam esquartejar umas às outras por causa da última polêmica da senhora Larissa Okikiade. O nome da pensamentista foi proferido aos extremos, aos gritos e aos sussurros, por todas as caixas de comentários por onde passamos. Alguns tinham medo de sofrer demanda, outros desafiavam a Ebomi abertamente, a maioria só queria aparecer mesmo, surfando na polêmica.

— Ela admitiu nas redes que é *emi ejé!* — resmungava o mestre, toda hora.

— Vai lá e beija ela! — respondia a senhorita Jamila todas as vezes.

Apesar das lutas intensas as quais atravessamos, não chegamos a presenciar nenhum cancelamento. Porém, talvez isso estivesse prestes a mudar, graças ao posicionamento agressivo do rapaz de saia laminada, que tentava dilacerar quem discordasse perto dele.

— Vai lá, senhor Ogã — ordenou a senhora Nina.

— Mas... — o mestre vacilou novamente. — É que... Hã... Eu ainda não... Hum...

— Você ainda não se recuperou da derrota para a Larissa Okikiade — a senhora Nina pontuou. — Provavelmente, sua arma espiritual foi arruinada na batalha.

Senti que o mestre se segurou para não chorar.

Sua desagradável... Você é telepata, por acaso?

— Às vezes a senhora é cruel, chefe — disse Alfredo Abejide.

— Faz parte do trabalho — respondeu a senhora Nina.

— Bom, não dá pra nos aproximarmos do rapaz de saia — disse João Arolê. — O que faremos?

Estávamos parados, bem de frente para o rapaz, aguardando a melhor oportunidade para agir. Graças à camuflagem do senhor Alfredo Abejide, ainda não havíamos sido notados. O rapaz elegante de saia laminada prosseguia com sua dança letal. Vários oponentes já tinham fugido, alguns jaziam no capim com ferimentos profundos.

Se eu estivesse nas minhas melhores condições, já teria dado um jeito nesse sujeito!

— Ora essa! — a senhorita Jamila foi se adiantando. — Eu vou! Essas lâminas não são nada pra mim...

— Não vá! — disse a senhora Nina. — Não podemos correr o risco de danificar as lâminas ou a saia dele.

— Que que tem? — a senhorita Jamila exclamou. — Eu sei dosar a minha força!

— Aqui são as redes sobrenaturais, Jamila — a senhora Nina começou a explicar. — Você ainda não está habituada, não com o seu corpo físico imerso também. Se você danificar a saia do rapaz, ele pode se sentir silenciado e vai acabar se transformando num *ajogun*.

— Que marmota! — a senhorita Jamila acabou praguejando.

A senhora Nina, então, começou a coordenar as ações:

— Eis o que faremos: primeiro, João, teleporte os feridos pra longe daqui, tantos quantos você conseguir; Alfredo, ao meu sinal você vai desfazer a camuflagem; Jamila, você vai atrair a atenção do rapaz, pra que ele ataque você; então, Joselito Abimbola vai usar sua datacinese pra expandir a área do link e possamos pisar e entrar.

Equede, a senhora está confiando demais em mim!

Foi tudo muito rápido: imediatamente, com a precisão de um caçador, João Arolê desaparecia e aparecia sucessivamente, pegando os feridos do campo de batalha e os levando para longe, antes que virassem espíritos malignos. Ele simplesmente fazia o que lhe havia sido designado sem maiores contratempos. A senhorita Jamila, apesar de contrariada, acatou as ordens de sua líder e correu de encontro ao rapaz de saia. Em vez de golpear com socos, golpeou com palavras, problematizando as atitudes do oponente, o que pareceu deixá-lo confuso por alguns instantes; o senhor Alfredo, por sua vez, nem vi. Quando percebi, a camuflagem sobre nós já se tinha ido; a senhora Nina já havia sacado um arsenal, um monte de pistolas e metralhadoras de textão, o que intimidou todos os influenciadores ao nosso redor; e, então, era a vez do mestre Joselito cumprir o seu papel. Ela ainda nem havia saído do lugar, suava, tremia...

> *Meu pai Logun me ajuda meu pai Logun me ajuda meu pai Logun me ajuda não sei lidar não sei não sei lidar não sei meu pai Logun me ajuda por favor por favor...*

— Senhor Joselito Abimbola — a senhora Nina começou a dizer para o mestre. — Se o senhor não se mover agora, serei obrigada a estourar os seus miolos. O mestre, então, se moveu.

Sou só um bicho, mas gosto de pesquisar bastante coisa. Me lembro sempre de uma teoria famosa entre as estudiosas de Ketu Três, que conceitua o espaço como ilusão. De acordo com tal entendimento, a distância entre as coisas não passam de um construto conveniente para a mente humana. Uma ilusão tão poderosa que acaba se tornando real. Porém, é sabido que os caçadores, com sua visão aguçada, são capazes de enxergar para além do véu. Afinal, o espaço é o domínio dos caçadores, os senhores da humanidade. Os filhos dos caçadores, então, costumam manifestar dons sobrenaturais capazes de vencer a ilusão chamada distância. Sou só um bicho, mas sei dessas coisas.

Por isso, para o mestre Joselito Abimbola, que aprimorou seus dons no Lago há anos, desde criança realizando os procedimentos ritualísticos para o seu pai Logun Edé, a distância simplesmente não existe. Em um segundo, havia sumido e reaparecido atrás do rapaz de saia. Em dois segundos, o mestre gesticulou, gesticulou e sussurrou suas palavras de poder. Então, as moléculas espirituais do link se agitaram, se remexeram, e se expandiram. Em três segundos, a área de um metro quadrado do link nos pés do rapaz se tornou cinco vezes maior.

— Ele conseguiu! — a senhora Nina exclamou. — Agora, gente, é a nossa deixa!

O grupo Ixoté, bem treinado por sua comandante, a senhora Nina de Ogum, obedeceu a ordem com precisão militar. Ela, João Arolê, a senhorita Jamila, o senhor Alfredo, todos pararam o que estavam fazendo e correram para clicar no link que aparecia nos seus pés. Começaram a transmissão de dados, eles estavam prestes a deixar a caixa de comentários em que estavam. O rapaz de saia ficou olhando, sem entender por que todo mundo passou a ignorar seu importante posicionamento. O mestre continuava se concentrando para manter a expansão do link... Até que o rapaz olhou para trás e viu o mestre Joselito.

— Você... *é* Joselito Abimbola — o rapaz de saia trincou os dentes. — Marmoteiro desgraçado! Você invisibilizou minha fala sobre a Larissa Okikiade!

E, então, o mestre Joselito Abimbola caiu de bunda no chão, já que o rapaz, de repente, virou um monstro gigante de dez metros de altura de uma só vez.

Eu sou uma retórica vazia de mim mesmo.

As Ialorixás filhas de Ibualama criam as Corporações de Ketu Três

Houve um tempo em que humanos foram escravizados por alienígenas
Um momento vergonhoso para a realidade
A pior tragédia da humanidade
Os humanos haviam decaído, estavam fracos
Foram facilmente dominados por conquistadores de outra dimensão
Porém, os humanos nunca se esqueceram do que foram
Afinal, eram filhos dos Orixás
Nunca deixaram de reverenciar suas mães e pais ancestrais
E enquanto estavam em terra estranha, sob domínio alienígena
Fundaram centros clandestinos para cultuar sua ancestralidade
Tornaram sagrado o solo de roças e terreiros
E, assim, se reconectaram com seus antepassados
E, assim, retomaram os poderes do sangue espiritual
E, assim, acabaram com os alienígenas
Aqueles centros clandestinos foram os primeiros Ilês Axés
As primeiras Casas de Axé fundadas no Mundo Novo
Os locais principais de força e poder do povo melaninado
Em sua maioria da Nação Ketu
Já que vieram de Ketu a maioria dos que foram sequestrados do Mundo Original
Já que a Ketu do Mundo Original havia sido totalmente arruinada
Os Ilês Axés de Ketu Três ainda hoje são locais de poder

Após acabar com os alienígenas, os filhos dos Orixás buscaram recriar suas sociedades neste Mundo Novo
Recriaram suas sociedades em torno de seus Ilês Axés
Todas as leis e estrutura social gira em torno dos Ilês Axés
Porque os Ilês Axés são as casas dos Orixás
Porque os Ilês Axés são governados pela autoridade e liderança das Ialorixás
Os descendentes das nações Oió, Ijexá, Efón, Ifé e tantas outras
Recriaram suas cidades à semelhança do Mundo Original
Os filhos de Ketu, que são a maioria
Criaram aquela que acreditam ser a maior metrópole
Ketu Três, a Cidade das Alturas
Com a bênção do Rei Odé Oxóssi
Os Ilês Axés cresceram em fartura e prosperidade
E toda a sociedade de Ketu Três cresceu junto
Os Ilês Axés dedicados aos Odés e seus aliados
Dedicados a Oxóssi, Ogum, Oxum, Logun Edé, Erinlé, Ossaim, Otin
E tantas outras poderosas divindades da floresta
Mas foram Ilês Axés dedicados a Ibualama que se destacaram primeiro no mundo dos negócios
Graças às suas Ialorixás habilidosas e competentes
Graças a essas sacerdotisas do Velho Caçador
Senhor Ibualama, o mais velho e respeitado dos Odés
Por isso que as Ialorixás de Odé Ibualama gozam de grande prestígio
E a esse prestígio fizeram jus ao inaugurarem as primeiras grandes empresas a partir de seus templos
Muitos outros Ilês Axés de Ketu Três seguiram o exemplo
Foram evoluindo para também se tornarem empresas robustas
Tornaram-se Ilês Axés Empresariais

Distanciando-se dos Ilês Axés que se mantiveram tradicionais
Os Ilês Axés Empresariais seguiram crescendo e crescendo
Tornaram-se grandes centros de negócios que oferecem serviços diversos
Seguindo a hierarquia das Casas de Axé
Os abiãs são a base dos funcionários
Os Iaôs são funcionários seniores e diretores
Os Ogãs são os Pais Diretores
Que respondem às Ebomis
As Ebomis e Equedes são as Mães Diretoras
Que respondem somente às CEOs
As CEOs são as Ialorixás
Os Ilês Axés de Ketu Três evoluíram para grandes empresas, que evoluíram para as Corporações
Liderados pelas Corporações Ibualama, em homenagem ao Velho Caçador
Ainda há os Ilês Axés tradicionais, principalmente nos Setores mais baixos de Ketu Três
Há quem não goste dos Ilês Axés Empresariais
Há quem não aprove o que as Corporações se tornaram
E preferem cultuar sua ancestralidade à moda antiga
Porém, as Corporações são o governo e a lei de Ketu Três
As Corporações são o poder que governa Ketu Três
As Corporações são o coletivo de Ilês Axés Empresariais
As Corporações foram fundadas pelos filhos de Ibualama
Filhos do Senhor Ibualama, o Velho Caçador.

As desventuras de Joselito no mundo da caixa de comentários (meio)

A primeira vez em que o mestre Joselito Abimbola viu alguém virando um espírito maligno ele ficou paralisado de terror. Na ocasião do primeiro encontro entre o mestre e a senhora Larissa Okikiade não foi mesmo a primeira vez em que ele testemunhou pessoas virando monstros. Ora, ele conseguiu se esconder para debaixo da cadeira e tudo! Na primeira vez em que o mestre presenciou a alma de um ser humano virando do avesso e se tornando uma monstruosidade ele simplesmente não conseguiu se mexer enquanto a metamorfose acontecia.

Foi alguns anos antes de o mestre receber o convite do Colégio Agboola. Ele se aventurava na caixa de comentários do seu primeiro textão viralizado, sobre a relação ancestral entre a pescaria e afetos marrons. Aquela época inocente, em que o mestre realmente pescava e era conhecido por isso. Ninguém conhecia o mestre, então muitos se emocionaram nos comentários, e assim começou uma disputa de autopromoção que se transformou numa verdadeira guerra. Todo mundo quis lacrar em cima do novato Joselito Abimbola. O mestre se maravilhou com o tiroteio de posicionamentos, ao mesmo tempo em que se apavorou com toda aquela violência. Era só um garoto carente, que queria ser ouvido num mar de sardinhas que se achavam tubarões.

Foi então que um rapaz, numa atitude dramática, realizou um textão duplo carpado, repleto de granadas irônicas e expositivas. Lembro que achei uma performance impressionante, afinal, eu era um jovem bicho na época, mal tinha aprendido a falar. O problema é que o rapaz havia tentado expor alguns influenciadores importantes, incluindo a senhora Larissa Okikiade. Ele foi massacrado sem piedade. Sofreu uma saraivada de memes que o transformaram numa poça de sangue. O mestre ficou só olhando enquanto o corpo imaginário do rapaz começava a sofrer a metamorfose. Suas costelas se partiram de dentro para fora. Seus órgãos internos estouraram, cheios de vermes. Os vermes começaram a consumir o corpo, e foram crescendo, crescendo, crescendo... até se unirem e virarem uma espécie de minhoca gigante, com as várias partes do rapaz formando braços e pernas deformados. A humilhação que havia sofrido o tinha transformado num espírito maligno da rede.

A maioria das pessoas já tinha fugido, mas o mestre só olhava. Ele só conseguiu escapar porque dei uma bicada bem fundo no seu ombro esquerdo, até hoje ele me culpa pela cicatriz, inclusive. O mestre despertou do seu estupor e sem pensar usou seus poderes para fugir. O mestre nunca comentou o episódio. Nunca falou sobre em lugar nenhum, com ninguém, nem mesmo comigo. Só que, desde aquele dia, acontecia às vezes de o mestre ficar parado, como que enfeitiçado, quando alguém virava um monstro por sua causa.

E estávamos numa dessas situações neste exato instante...

— Isso acontece porque você sempre caçoa dos outros! — exclamou o senhor João Arolê para o mestre.

Tudo culpa minha... Eu causei isso...

— Tomem suas posições! — ordenou a senhora Nina, sacando suas pistolas. — Cerquem a criatura!

A criatura a que a senhora Nina se referia era um monstro que havia emergido de dentro do rapaz de saia. Era um ser enorme, de uns dez metros de altura, que pode ser mais bem descrito como uma serpente gigante com chifres de bode, asas de borboleta e patas metálicas de barata. As lâminas da saia do rapaz haviam se transformado nos dentes de sua bocarra, enquanto seus olhos eram órbitas vazias de onde escorriam um muco fedorento como se fossem lágrimas.

> *Mais um monstro.... Mais uma alma que se foi. Por minha causa. Mais um monstro... Mais uma vez uma vida destruída por minha causa. Mais uma vez eu acabei com o futuro de alguém. Eu só crio monstros...*

A garota Jamila havia partido para o ataque, dando altos saltos na intenção de socar a cara da criatura; o senhor João Arolê se teleportava para cima, também tentando golpear o monstro na face; do chão, a senhora Nina disparava com suas pistolas duplas, tentando manter distância para proteger o senhor Alfredo, que teve seu abdômen rasgado pelo monstro durante a metamorfose e abraçava a si mesmo tentando não sangrar até morrer. Enquanto isso, o mestre ainda não tinha saído do lugar.

> *Eu é que sou o monstro...*

— João! — a senhora Nina gritou. — Leva o Alfredo pra longe daqui, ele *não vai aguentar muito tempo!*

Praticamente antes de a Equede Nina terminar a frase o senhor Arolê *já aparecia* diante de nós para, em seguida, sumir com o Alfredo Abejide.

> *Não adianta. Esse Alfredo vai morrer... Vamos todos morrer...*

O monstro remexia o corpanzil e fazia tremer tudo ao

redor. Todos os inabaláveis guerreiros das redes sobrenaturais já haviam abandonado o local. Sozinha, Jamila tentava lidar com a criatura, tomava umas pancadas que a faziam voar para longe. A menina se reerguia e voltava para lutar, mas era óbvio que não estava habituada a duelar no ambiente imaginário das redes, mesmo usando seu corpo real. O monstro cuspia baba tóxica de xingamentos como se fossem disparos de fuzil e a menina Jamila se esquivava por um triz. As pistolas da senhora Nina não conseguiam penetrar o couro do monstro, afinal, ele estava protegido com camadas e mais camadas de negacionismo e certeza absoluta de seu importante posicionamento.

— Mimimi, Joselito Abimbola! — a criatura praguejava com sua voz distorcida e gutural. — Cadê você, seu vitimista de merda? Cadê a sua responsabilidade afetivo-mundana? Vou te expor, seu marrom escroto!

Eu não devia estar aqui...

— Ogã! — a senhora Nina ordenou. — Usa teus poderes pra eliminar a criatura!

O mestre respondeu desaparecendo.

Mandando o papo reto para os meus seguidores! Bora pescar, porque aqui é o canal do Pavão Pescador! Qual a responsabilidade afetivo-setorial das Corporações? Representatividade marrom importa! Sou Ogã, me respeite! Eu não devia estar aqui, eu preciso falar com os meus seguidores! Olá, eu sou o Joselito Abimbola! Bora pescar? Bora... ARGH!

O mestre reapareceu no mesmo lugar, de joelhos, vomitando sangue. Seus vasos sanguíneos estavam saltados, prestes a romper.

nosso — Eu avisei que se tentasse fugir os nanoaplicativos iam te machucar! — exclamou a senhora Nina, sem parar de atirar na criatura.

Então, veio o João Arolê e deu um chute bem chutado na cabeça do mestre Abimbola. Como se fosse uma bola de futebol, o mestre foi arremessado alguns metros, acabou rolando, quicando. João Arolê apareceu bem diante dele, erguendo-o pelo pescoço com seu braço cibernético.

— Seu maldito covarde! — exclamou.

— Eu... meus seguidores — o mestre gaguejou. — Preciso ser didático...

— Você só quer saber de si mesmo! — o senhor Arolê gritou na cara do mestre. — Sempre foi assim! Por isso que eu te odeio!

Quando foi que esses primos se desentenderam?

Eu me lembro. Anos atrás, casa da família Abimbola, no Setor 4, para as comemorações familiares tradicionais do Ojo Oxum, Dia da Rainha Dourada, dia de ver os parentes. A mestra Eunice Abimbola, a gorda e bela filha de Oxum, e sua irmã mais nova, Marina Arolê, a magra filha de Oxóssi, conversavam a sós sobre elas, planos para a vida, amores. A mestra Eunice adorando se gabar, enquanto a senhora Marina parecendo entediada. Até que a mestra resolvesse me apresentar, eu fingia cochilar no poleiro.

— Você viu o bichinho novo do meu filho? Tá ali, ó. Se chama Genoveva!

— Nice — disse a senhora Marina, me olhando bem nos meus olhos. — Essa... criatura. Ela tá entendendo tudo que estamos falando, não é? Essa coisa fala?

— É Genoveva! Ela tem nome, Mari. Genoveva é meio tímida, mas fala sim.

— Nice! Onde você arranjou esse bicho?

— Ah, não enche! — a mestra, então, olhou para mim. — Ô, Genoveva! Vai ver como tá o meu filho, que eu vou ter uma conversa aqui com a minha irmãzinha...

Abri minhas asas e saí do recinto imediatamente. Não consegui ouvir o que disseram depois, já que foi uma das raras ocasiões em que a mestra se preocupou em falar baixo. A casa era pequena, então precisei atravessar só dois cômodos para chegar até o mestre Joselito, que estava se divertindo muito às custas do jovem senhor João Arolê.

— Faz de novo, primo! Faz de novo!

— Para... com isso... Esse som... sou eu tentando respirar... Te odeio!

— Então é só respirar! É só respirar!

O jovem mestre, com seus cinco anos de idade, estava correndo, saltando, sumindo e aparecendo ao redor de uma esteira, na qual jazia o menino João Arolê, com oito anos, envolto em panos brancos, se esforçando muito para conseguir respirar.

— É só respirar! É só respirar!

— Quando eu melhorar... Vou te dar uma surra! Vou...

Só que o jovem João Arolê nunca teve essa chance, já que, dias depois, foi convocado para entrar na Escola Pá Olukó para Jovens Superdotados.

Também lembro quando o jovem mestre tomava os brinquedos do senhor Arolê como se fossem seus. Isso acontecia toda hora, toda hora estavam brigando porque, embora o menino Arolê dividisse seus brinquedos com o mestre, como qualquer criança normal de Ketu Três, o mestre sempre abusava demais e acabava arruinando os bonecos. Teve uma ocasião em que o mestre se dedicou ao máximo no seu objetivo de bagunçar, espalhar e tomar tudo.

— Por que o primo é malvado? Deixa eu brincar também!

— Não precisa destruir os meus bonecos pra brincar! Cê tá arrebentando meu astronauta! Larga o meu Igbola!

Lá do alto da estante, segurando o boneco pelo pé, o mestre deixou escapar um sorrisinho. Fez o boneco sumir e reaparecer um monte de vezes, até se despedaçar todo. Todinho. O menino João Arolê se teleportou para cima da estante, acertando um soco no mestre, que foi reaparecer no chão, chorando muito alto. Aí, mestre Eunice e dona Marina entraram no quarto.

— Que que você fez com meu filho? — gritou a mestra Eunice, enquanto ia socorrer o jovem mestre.

— João! — berrou dona Marina. — Que que você tá fazendo aí em cima?

— Ele destruiu meu boneco, mãe! — o menino João Arolê tentou se defender.

— Meu filho jamais faria isso! — gritou a mestra Eunice para o jovem Arolê. — Mesmo que tivesse feito, não é motivo pra espancar o meu filho!

— O que eu te falei sobre usar suas habilidades, João? — gritou a senhora Marina. — Como castigo, vai dar todos os seus bonecos pro seu primo!

— Não! — o jovem Arolê expressou um desespero profundo. — A culpa é toda dele! Esse moleque idiota!

— *Cala essa boca!* — gritaram juntas as duas irmãs para o jovem Arolê. O menino João se encolheu e chorou em silêncio. Já o mestre, nos braços de sua mãe, exibiu um sorrisinho malicioso.

Por isso eu entendo que o senhor João Arolê deteste o mestre.

Todo mundo entende o senhor Arolê segurando o mestre pelo pescoço. Enquanto isso, a serpente gigante com chifres de bode, asas de borboleta e patas metálicas de barata seguia duelando com a garota Jamila e ignorando os tiros da senhora Nina.

— Muito bem, Joselito Abimbola. Estamos levando uma surra. Você pode dar um jeito nessa coisa agora. Esse rapaz virou um monstro por sua causa. Assuma a responsabilidade.

Eu te odeio. Eu te odeio muito...

O mestre e o senhor João Arolê ficaram se olhando nos olhos por um tempo.

— Pode me soltar — disse o mestre. — Já vou fazer a minha mágica.

O mestre se desvencilhou do seu primo, deu um passo à frente, fechou os olhos e começou a gesticular. O espaço ao nosso redor começou a se distorcer, como se fosse manteiga. Todo mundo parou o que estava fazendo e olhou para o mestre. A criatura serpente com chifres e patas começou a ondular e ondular, como se fosse água parada atingida por uma pedra. Projetou o corpo gigantesco para frente, tentando alcançar o mestre, só que ondulou tanto, mas tanto, que acabou se despedaçando, se espalhando, como se fosse água atingida por um pedregulho. E quando o mestre parou com os gestos, a imensa criatura em forma de serpente não tinha mais forma alguma. Não sei descrever bem, mas parece que ela derreteu, como se fosse feita de gelo. O que restou do seu corpanzil foi só um cotoco fumegante, como se tivesse desintegrado alguém e restado só os pés.

Eu me odeio...

O mestre caiu de joelhos. Tentava respirar. Estava encharcado de suor. E de lágrimas.

— Muito bem, senhor Ogã — disse a senhora Nina, colocando a mão no ombro do mestre. — É por isso que precisamos investigar tudo isso... É por isso que precisamos acabar com essas experiências que transformam pessoas em monstros.

Quantas pessoas eu arruinei?

— Espero que entenda o peso da vida que você acaba de tomar — disse o senhor João Arolê, ao lado dele. — Isso é ser um caçador.

O mestre lançou um olhar triste para o senhor João Arolê. A menina Jamila veio se aproximando de onde estávamos. Ela estava ilesa, como se não tivesse acabado de enfrentar uma monstruosidade gigante. Não sei se estava incomodada com o clima ruim, ela abriu um sorriso para perguntar:

— Bom! Qual é o caminho agora?

O mestre apontou para o que tinha sobrado da criatura: o cotoco havia se aberto, como se fosse uma flor nauseante esparramada no chão. No centro dessa coisa, era possível notar uma espécie de túnel vertical, bem escuro, sem um fundo visível... E do qual exalava um cheiro bastante podre.

— Agora... O caminho é esse... poço. Esse poço cheiroso. É que vai nos levar pra rede profunda...

— Ótimo — disse a líder Nina Onixé. — Então, vamos. Agora.

Todos foram entrando no poço. O mestre foi até João Arolê e disse:

— Primo... Digo, João... É... Por favor, me desculpe...

— É só respirar que passa — disse o senhor João Arolê, dando-lhe as costas.

*Quanto mais mergulho para dentro de mim,
Mais e mais me distancio de mim mesmo...*

Filho de Logun Edé se torna um mago temível

Havia em Ketu Três
Um rapazinho franzino e insignificante
Que não era levado a sério por ninguém
Nem por sua família nem por seus amigos
Nenhuma garota se interessava por ele
Porque ele não era hábil com nada
Não era letrado, não era orador, não era caçador
Não era considerado por nada nem ninguém
Só era lembrado para ser caçoado
Seus colegas de escola buscavam todo e qualquer pretexto para constrangê-lo
Tentavam escarnecer dele de todas as formas
Só porque ele era muito magro
Tão magro que parecia um desnutrido
Tão magro que parecia mais frágil que um vareto seco
Só porque ele não era hábil com palavras nem com ações
Tão insosso que parecia inexistente
Tão insosso que parecia um crime existir alguém como ele
Somente a sua mãe e pai lhe apoiavam
Mas os dois sozinhos não podiam contra tudo e todos
O rapaz vivia desolado
Se escondendo dos outros para não ser molestado
Se dedicava ao terreiro humilde da família
Ou se trancava na biblioteca da escola

Porque ele só tinha paz quando cultuava seu pai Logun Edé
Ou quando lia seus livros favoritos
A maior felicidade do rapaz era quando mergulhava nos mundos mágicos da imaginação
Porém, nem a leitura nem a dedicação à ancestralidade
Estavam sendo suficientes para amenizar a tristeza do jovem
Percebendo isso, sua mãe, uma Ialorixá humilde
Preparou um ebó para Logun Edé
Desejando muito que seu filho pudesse despertar seu potencial oculto
Desejando muito que seu filho pudesse ser feliz
Ela preparou o ebó conforme as orientações dos Orixás no jogo de búzios
E aguardou os resultados
Certa noite, quando o jovem já estava cansado de viver
Quando finalmente se entregou ao desânimo e desespero
Ele simplesmente se deitou para dormir
Com a intenção de não acordar nunca mais
Se viu mergulhado em águas escuras sem fim
Mergulhando, mergulhando, mergulhando
Enquanto ele pensava muitas coisas
Pensava sobre tudo o que sofreu
Pensava sobre como poderia ser diferente
Pensava somente em tornar seus sonhos realidade
Pensava sobre os mundos de aventuras de suas leituras
Pensava em ajudar as pessoas que nem os heróis de seus livros
Então ele se percebeu, de repente, nessas aventuras
Se percebeu invocando poderes extraordinários do lago e da floresta
Para proteger as pessoas de espíritos malignos e de gente malvada
Viveu inúmeras aventuras

Superou inúmeros obstáculos
E triunfou muitas e muitas vezes
Pela primeira vez, o jovem estava realmente feliz
Apesar de, na verdade, ainda estar mergulhando, mergulhando
Todo aquele tempo
Até que ele percebeu que estava sonhando
Até que percebeu que estava no reino de seu pai, Logun Edé
Onde seus sonhos se tornavam realidade com o poder da imaginação
O jovem, então, acordou chorando
Estava nos braços da mãe aflita
Que chorava muito aguardando seu despertar
O jovem abraçou sua mãe de volta
E prometeu a ela que nunca mais se entregaria à tristeza daquela forma
Pois ele finalmente havia despertado
Ele finalmente havia aberto seus olhos para uma nova realidade
Ele havia despertado poderes fantásticos capazes de tornar suas imaginações realidade
Ele havia se tornado um mago da floresta e do lago
Que nem o seu pai, Logun Edé
O rapaz passou a ser respeitado e temido
Pois seus poderes eram imensos e incríveis
Nenhum colega de escola nunca mais teve coragem de escarnecer dele
Muitos ficaram impressionados com seus novos poderes
Todos ficaram com medo de que o rapaz buscasse vingança
Mas o jovem não objetivava vingança e sim sua própria felicidade
E ele estava feliz em tornar suas imaginações realidade
O rapaz descobriu os poderes da imaginação
O rapaz despertou para a imaginação através da leitura
O rapaz se tornou um mago temível que nem seu pai, Logun Edé.

As desventuras de Joselito no mundo dos revolucionários (final)

Se há algo podre no mestre Joselito, essa podridão se chama inveja. O mestre sente muita inveja, e muito medo daqueles de quem sente inveja. O mestre sente inveja de praticamente qualquer influenciador que tenha mais seguidores que ele, de qualquer um que pareça melhor que ele — o que inclui quase todo mundo, já que o mestre possui uma insegurança incrível. Hoje entendo que a obsessão do mestre em se tornar influenciador perpassa essa extrema carência. O mestre é um jovem carente e invejoso, ele não consegue se sentir completo se não tiver montes de pessoas bajulando-o e dizendo o quanto ele é sensacional. Mas nada disso o completa de verdade, então, ele se afunda na inveja.

É por isso que ele ama e odeia a senhora Larissa Okikiade. É por isso que ele odeia e ama seu primo João Arolê. Até hoje tenho dúvidas se o mestre é mais obcecado pela senhora Okikiade ou pelo senhor Arolê. Não foi por acaso que o mestre atazanou tanto o senhor Arolê quando eram crianças. Desde aquela época o mestre já o idolatrava. Apesar de sempre ter sido muito mimado pela mãe e por toda a família, por ser a criança mais nova e mais bonita de todas, o mestre percebia o quanto seu primo se bastava sem precisar ser elogiado a todo instante. Quando João Arolê, aos oito anos de idade, foi recrutado pelas forças especiais de supressão, não contaram jamais para o menino Joselito Abimbola de seis anos. Então, ele imaginou que o primo havia saído de sua vida porque não gostava dele. Ainda hoje, o mestre acha isso, mesmo sabendo a verdade. E como o mestre sabe a verdade sobre seu primo? Ele usa seus poderes para, como se diz, *stalkear* seu parente. Não existe "perfil trancado" para Joselito Abimbola, seja nas redes sobrenaturais, seja na vida real. O mestre persegue seu primo *há anos*. E sente muita inveja. E a podridão só cresce a cada dia... Enquanto descemos rumo à decadência.

Estamos todos quietos agora. Afinal, estamos descendo rumo à podridão: a rede profunda. A gravidade parece ser diferente aqui e por isso caímos bem devagar. Se bem que, ao contrário do mestre e seus amigos, eu tenho asas. Estamos descendo eu e o mestre, a senhora Nina, a menina Jamila e o senhor João Arolê. (O ferido Alfredo Abejide havia voltado para a base Ixoté por meio dos poderes do mestre). O buraco nos levou a uma espécie de túnel vertical, redondo, que mais parecia... desculpe a analogia, mais parecia um ânus gigante. Pavoroso. As paredes pareciam matéria orgânica, só que podre, eram de um tom esbranquiçado nauseante, repletas de larvas, baratas gigantes e besouros de várias cabeças que devoravam a carne putrefata e bebiam o pus nojento que escorria. Eu, de verdade, fazia um esforço extraordinário para não vomitar.

Porém, havia algo pior do que ver e cheirar: ouvir. Das paredes nojentas se projetavam sussurros, gritos abafados, gritarias sufocadas. Era como se fosse um monte de pessoas tentando berrar enquanto eram enforcadas. Estávamos todos imersos num falatório insalubre de xingamentos, reclamações, posicionamentos, lamentações. Os mais terríveis impropérios possíveis, não dá nem para replicar aqui... Por tudo isso, todos nós, no mínimo, tínhamos uma expressão de nojo na face. O mestre, então, parecia estar se esforçando para não chorar.

Pelo amor dos Orixás. Por que eu tenho de estar aqui? Tudo isso... Tudo isso... O que são as redes sobrenaturais? Por que eu tenho de estar aqui? Nojo, nojo, nojo. Quanto mais a gente desce, mais tóxico fica! Tóxico! Por quê? Para quê? Precisa subir a hashtag do mais amor. Preciso realizar um importante pronunciamento. Vou me posicionar. Responsabilidade afetivo-ancestral. Relações tóxicas. Peles marrons vs. peles pretas. O que está se passando? Estou envenenado. É isso que são as redes sobrenaturais? Para quê? Pelo amor dos ancestrais...

A menina Jamila, então, disse:

— Que fedor horrível!

Jura? É tudo isso que você tem para falar?

— Sério, Jamila? — questionou a senhora Nina.
— Só tô tentando quebrar o gelo! — a menina respondeu.
— Percebemos — a senhor Nina disse. — Então, explica pra gente o que o senhor Ogã fez com a criatura.

Por que não pergunta para mim? Por que vai perguntar para essa pirralha idiota que só sabe bater...

— Ele usou seus poderes datacinéticos, que são poderes sobre o espaço, pra distorcer o tecido espacial. Ao concentrar a distorção no espaço ocupado pelo monstro, Joselito forçou a existência da criatura pra fora. Em outras palavras, ele espalhou o monstro pra vários espaços do tecido existencial imaginário no qual nos encontramos, dilacerando as estruturas eletroquimicomagnéticas da criatura, tornando-a impossível de ser reconhecida pelo caldeirão de dados e informações em que estamos imersos. Tudo isso é fácil de deduzir no instante em que percebemos que, na verdade, os poderes de Joselito Abimbola são essencialmente os mesmos do João Arolê, ou seja, a manipulação da conexão entre os espaços. Só que, enquanto as habilidades sobrenaturais do Arolê são mais voltadas pra conectar os espaços do mundo real, os dons de Joselito brilham de fato nas dimensões imaginárias das redes sobrenaturais. Enfim.

É. Eu... nunca soube? Ela sabe! Eu não sei... Eu nunca... É.

— Obrigada — disse a senhora Nina. — Conforme suspeitei.
— Você já sabia e me fez falar textão!
— Que isso — disse a senhora Nina, sorrindo. — Você é uma cientista, no caminho de me superar.
— Não tem como te superar, tá! — disse a menina Jamila.
— Você adora é zoar com a minha cara...

O diálogo ajudou a desvanecer um pouco o clima pesado, apesar de persistir o fedor, a visão medonha e a verborragia insalubre ao nosso redor. Seguimos descendo. Enquanto isso, o mestre seguia olhando para o seu primo com olhos ansiosos.

Eu nunca sei de nada. Eu não sabia que o meu dom sobrenatural funciona dessa forma! Eu nunca soube! Porque eu não sei de nada. Eu só finjo muito bem que sei. Eu finjo muito bem. Eu estou sempre fingindo. Eu, eu, eu. Tudo sou eu. Estou fingindo que me importo com tudo isso que estamos fazendo. Estou fingindo que me importo com a morte daquele infeliz que virou um espírito maligno. Eu finjo que me importo com todos esses que viraram monstros. Eu sempre estou fingindo. Eu não sinto nada. Até as minhas lágrimas são falsas. Eu não sei de nada. Eu nem sei o que estou dizendo para mim mesmo... Mas o meu primo sabe. Ele sabe tudo. Ele é filho do Pai. Ele tem o conhecimento. Ele sabe... Ele sabe porque a vida dele é ótima. Porque ele é ótimo. Ele é. Eu sei que é. Eu sei, eu sei, eu sei, porque estou sempre vendo. Eu sei eu sei eu sei...

— Se continuar me encarando, vou arrancar seus olhos. — disse o senhor Arolê, de repente, sem se virar.

— Hã?! — o mestre se sobressaltou.

— Sua mãe não tá aqui pra te proteger — disse o caçador. O mestre só se calou.

Eu falei que ele sabe tudo! Ele sabe... desgraçado.

O mestre Abimbola nitidamente segurava o tique nervoso de olhar para seu primo.

Enquanto descíamos para a podridão, a inveja podre do mestre crescia. Lembrando que o que o mestre mais inveja em seu primo é que o senhor João Arolê consegue se relacionar amorosamente, enquanto ele é incapaz. Afinal, o mestre vem acompanhando seu primo desde que este surgiu como um caçador de monstros na Rua Treze. Foi a primeira vez em anos que o mestre soube do parente querido cujo rastro havia perdido quando foi recrutado pelas forças especiais de supressão. Usando seus poderes para se locomover nas redes e espreitar a partir de dispositivos conectados, o mestre conseguiu acompanhar vários feitos de seu querido primo: viu muitas das suas caçadas a espíritos malignos se manifestando nas máquinas; viu ele salvando a menina Jamila quando ela foi esfaqueada por um garoto estranho e perdeu o controle de seus poderes em pleno Setor 8; viu (e gravou) seu primo invadindo o Centro de Estudos Avançados Oludolamu para acabar com aquelas experiências ilegais envolvendo cérebros; e, lógico, o mestre viu seu primo se relacionando com a médica Maria Aroni.

    O mestre fez tudo o que pôde para ver seu primo Arolê se acariciando com a senhora Aroni. Várias vezes quase foi descoberto, já que o senhor Arolê possui dons de percepção extrassensorial, mas o mestre é experiente demais na arte de *stalkear*, então conseguiu camuflar sua presença virtual até mesmo de seu primo caçador. O mestre viu seu primo macambúzio e rabugento conseguir se relacionar com uma pessoa que realmente parecia ser maravilhosa, e não pessoas que fingem que são alguma, que nem o mestre e seus colegas influenciadores. Enquanto o mestre se engajava em relacionamentos que serviam só para fotos e flechinhas nas redes, seu primo realmente vivenciou um relacionamento. O relacionamento que o mestre nunca teve. E, se continuar assim, nunca terá...

    — Ninguém liga de estarmos caindo nesse poço tão tóxico e sem fundo? — perguntou o mestre, de repente.

    — Não — disse a senhora Nina Onixé.

    — Nós não somos revolucionários de sofá, que nem você — disse a menina Jamila.

> *Eu só quero quebrar o gelo, seus merdas! Eu só quero parar de pensar no meu primo!*

    — Se vocês acessassem mais as redes sobrenaturais, saberiam do trabalho importantíssimo que venho desenvolvendo — disse o mestre.

    — Guarda as tuas ladainhas pra você mesmo — disse a menina Jamila. — Com todo o respeito, senhor Ogã.

    — Por que ninguém me respeita?! — o mestre exclamou.

    — Você é só um blogueiro — disse a Jamila.

— Você é uma grande cientista — o mestre tentou dizer num tom mais suave. — Não conheço nenhum dos seus trabalhos, já que você não posta nada nas redes. Mas você explicou o funcionamento do meu poder sobrenatural melhor do que eu mesmo sou capaz de entender. Então, você sabe que eu sou muito mais do que um mero blogueiro.

— Eu sei — disse a Jamila. — Você é que não sabe.

— O quê? — questionou o mestre, surpreso.

Foi então que as paredes meio que estouraram, espirrando pus e gosma. Dos abscessos, irromperam vermes gigantes, com bocarras de dentes afiados. Uma das criaturas se estendeu e foi direto para o pescoço do mestre. Não tive tempo de avisar, foi tudo muito rápido... Só que a lança do caçador João Arolê foi mais rápida ainda. O monstro foi empalado na cabeça, a ponta da lança brilhou, e o monstro queimou num fogo azul em instantes.

— Gostou das melhorias que fiz na sua lança, né, João — disse a senhorita Nina.

— Mas que marmota foi essa? — exclamou o mestre.

— Você sabe o que são! — exclamou a senhora Jamila. — São comentários de ódio tentando nos matar!

Que absurdo! O que são as redes sobrenaturais?

— Vocês falam demais — disse João Arolê.

Vários outros vermes foram saltando das paredes, bem como besouros de muitas cabeças, moscas com presas em forma de facas e baratas com patas em forma de machados, além de outras coisas pavorosas demais para descrever. Os gritos sussurrados que escutávamos incessantemente se transformaram em gritos de verdade, ao mesmo tempo em que o fedor atingiu seu ápice. Em meio a tudo aquilo, vi o mestre se esforçando para não desmaiar, desesperado e apavorado. Ele estava entregue.

Morri! Adeus... Eu mereço morrer sendo devorado por comentários tóxicos. Afinal, eu sou uma fraude, eu contribuo para esse cenário. Eu mereço essa morte horrível. Adeus...

Enquanto isso, todas as monstruosidades foram destruídas pelos punhos de Jamila, pela lança de João Arolê e pelas pistolas de Nina Onixé como se não fossem nada. Em meros segundos.

Vocês fazem eu me sentir um coadjuvante...

— Vocês... são impressionantes — foi tudo o que o mestre conseguiu dizer.

— Me dá uma raiva você e seus amiguinhos emocionados que se impressionam por tão pouco! — a menina Jamila exclamou. — Eu sou apenas uma anomalia!

— Nunca mais repita isso, Iaô — disse a senhora Nina para a menina Jamila. — Não se deixe influenciar pela insalubridade desse lugar.

— Me... desculpe — disse a menina Jamila, ao mesmo tempo para a senhora Nina e para si mesma.

Essa menina... É verdade, ela é que nem o bicho. Essas experiências... É, isso tudo precisa acabar. Almas inocentes transformadas em espíritos malignos, pessoas virando monstros. Eu... eu preciso ajudá-los a acabar com tudo isso! Mas eu não consigo, sou só um blogueiro....

Após derrotarem todas as criaturas, os xingamentos diminuíram de tom, quase não dava mais para ouvi-los. Nós seguimos caindo. Estávamos ensopados com gosma, pus e pedaços de monstros, mas ninguém estava ferido. No entanto, o mestre continuava inquieto, olhando para todos os lados, até que o senhor João Arolê se aproximou e disse:

— Se você não focar, vai morrer. Se você morrer aqui, vou abandonar seu cadáver nessa bosta de lugar que você ajudou a criar — o mestre respondeu com silêncio.

O corredor vertical, que parecia não ter fim, finalmente encontrou o chão. Apesar de estarmos caindo por horas, todos pousaram com segurança, como se fosse apenas uma descida suave. Eu queria dizer que estava feliz por sairmos daquele túnel nojento, mas talvez fosse melhor retornar. Se a expressão "fundo do poço" foi criada para descrever o pior momento da vida de cada um, então foi pensando neste fundo de poço literal em que caímos. Uma caverna imensa, pulsante e nojenta. Não, a palavra nojenta não é suficiente para definir. Estamos no ambiente mais repulsivo que nenhum de nós era capaz de imaginar. Uma imensidão esbranquiçada de pura podridão. O chão é simplesmente composto de corpos esquartejados, de pessoas, criaturas, monstros. Não tem paredes, não tem espaço, não tem nada. Tudo que há aqui são as piores verborragias possíveis. Os xingamentos, as intolerâncias, os ódios, os desentendimentos, as mágoas, os pavores, os temores, os escárnios, as invejas, os ciúmes, as raivas, a podridão. Tudo se manifestando ao mesmo tempo em todos os lugares. Corpos dilacerados se levantando para mastigarem uns aos outros, mesmo já estando eles mesmos despedaçados. Raiva, ódio, dúvida, temor, raiva, intolerância. Discussões sem sentido, notícias falsas, rumores, boatos, desprazeres. Tudo o que há de ruim, só as piores coisas que ninguém consegue conceber. Ninguém tentava nos devorar, já que os corpos mortos estavam ocupados demais tentando devorar eles mesmos. Um lugar onde as piores imaginações dos seres humanos se tornam realidade.

— Isso... Isso tudo é... — a menina Jamila tentou dizer.

É a rede profunda...

— É isso. Vamos andando — a senhora Nina sentenciou.

Os quatro começaram a andar, enquanto eu fui pousar no ombro do mestre. Lixo, podridão, insalubridade, corpos dilacerados se dilacerando, cérebros arruinados, palavras do pior calibre, verborragias, notícias falsas, ódio, horror, tudo o que há de ruim. Dedos apontados, gritaria, ódio. Todos tentando se matar, mesmo já estando mortos. Ódio de si mesmo, ódio de todo mundo.

Eu não consigo pensar. Se eu pensar, vou raciocinar tudo o que estou vendo, ouvindo e sentindo. Se eu racionalizar tudo isso aqui, vou deitar e morrer... Foco!

Ninguém falava nada. Todos estavam ocupados demais tentando não enlouquecer. Enquanto isso, íamos adentrando numa espécie de floresta. Não sei se floresta era a melhor palavra... Passamos por algo parecido com uma árvore, só que seca, sem cor e sem folhas. Quando nos demos conta, já eram dez dessas tais árvores. Depois cinquenta. Mais. Nós íamos andando e mais e mais dessas árvores iam surgindo ao nosso redor, como se sempre estivessem estado aqui. Árvores sem cor, sem folhas... com rostos. Rostos de coisas mortas. Rostos com expressões de grande tristeza. Rostos com expressões raivosas. Rostos perversos, que pareciam gargalhar sem voz. Estavam nos observando. Parecia não haver outro caminho, tínhamos de seguir andando nessa floresta de rostos raivosos. Enquanto isso, o mestre se esforçava para não olhar com raiva para o seu primo.

Me lembro da frustração do mestre quando perdeu o rastro do senhor João Arolê, depois que ele e a senhora Maria Aroni lidaram com alguma situação no Setor 3 da Rua Treze. Foi o dia em que a menina Jamila irrompeu no Setor 10 e o mestre saiu correndo para cobrir, então o senhor João Arolê apareceu em pessoa e o mestre fugiu para casa. Depois daquela situação, o mestre perdeu o rastro de seu parente. Essa fraqueza do poder do mestre, que não funciona em áreas sem conexão, é causa de muita frustração para o senhor meu mestre, porque ele não consegue *stalkear* seu primo como gostaria. Devido a essa lacuna, há algo que o mestre desesperadamente quer saber: o que aconteceu com a senhora Maria Aroni? O mestre se atormenta demais com essa pergunta, porque ele tem certeza de que a Maria Aroni que ele viu com seu primo era outra pessoa. Consigo ver estampado na cara do mestre: "como é que eu vou perguntar pro primo quem era aquela Maria Aroni com quem ele passou a sair depois?". Pior, vejo nos olhos ansiosos do mestre a pergunta: "por que ele e aquela Maria estranha *terminaram?*".

Por que, primo? Por quê?

Continuávamos andando na floresta de rostos perversos, que continuavam rindo. Não dava para ouvir os risos, mas... parecia que dava para ouvir gargalhadas na minha própria cabeça. Acho que todo mundo estava com essa sensação também, a julgar pelas expressões em suas faces. Parecia que ouvíamos gargalhadas maldosas, gargalhadas que julgam, sentenciam, machucam. Mais e mais árvores, mais e mais gargalhadas. A menina Jamila, então, tentou puxar algum assunto.

— Por que aqui é tão... tenebroso? O que são essas... árvores?

— Porque esse deve ser o fundo do poço das caixas de comentários — respondeu a senhora Nina. — Uma área decadente, deprimente e lamentável, da qual não brota nada de bom. Só monstros. Essas árvores... devem ser sistemas corrompidos que intensificam emoções negativas...

— Sabendo que qualquer alma de Ketu Três pode virar um espírito maligno se bombardeada com doses suficientes de energia negativa... — a menina Jamila seguiu a teoria da Equede. — Então essas árvores são catalisadores que aceleram, e muito, o processo de transformação...

— Talvez sejam só ramificações de um sistema maior — a senhora Nina seguiu. — Alguma espécie de núcleo maligno implantado bem aqui, no coração da rede profunda. Se destruirmos esse núcleo...

— As redes sobrenaturais vão continuar uma merda, mas deve diminuir uns 95% a probabilidade de pessoas canceladas virarem monstros! — a menina Jamila concluiu.

As duas seguiriam confabulando sobre a teoria... Só que o mestre Joselito, visivelmente sem entender nada do que foi dito, tentou se enturmar falando:

— Realmente, as redes sobrenaturais têm magia e poder! Se as pessoas não se desperdiçassem tanto...

— Sério? — disse a senhora Nina.

— Eu... — o mestre tentou argumentar, mas desistiu. — É.

Eu sei! Eu sei... eu preciso saber.

— O atirador não entende, necessariamente, sobre a confecção do rifle que utiliza — disse a senhora Nina. — Mas talvez um dia você entenda.

— Aqui é território do meu pai Logun Edé — disse o mestre. — Eu sou o pescador mágico que manipula os espaços.

As coisas são o que são! Preciso me posicionar...

— Aí, ele formulando o próximo post — disse a Jamila.

— Com os meus textos e vídeos nas redes, estou ajudando a criar um mundo melhor! — bradou o mestre com uma convicção constrangedora.

Chega! Vocês vão me respeitar...

— Transformar pessoas em espíritos malignos também tem a ver com esse mundo melhor? — perguntou o senhor João Arolê.

O mestre se engasgou.

— Eu... Ora. Você não sabe...

Eu sei o que você é, primo...

— Não sei o quê? — perguntou João Arolê.

— Quem vive de batalhas... às vezes acaba tendo de matar — disse o mestre.

Você... É um assassino!

A senhorita Nina Onixé olhou muito feio para o mestre.

— Senhor Ogã — disse ela. — Melhor se calar agora.

— Desculpa — disse o mestre, contrariado. — Não tô

falando nenhuma mentira! Não importa quantos posts bonitos eu faça, a verdade é uma só: caçadores são assassinos.

A lança do caçador João Arolê se materializou no ar, a ponta energizada da arma ficou a um milímetro de distância do olho esquerdo do mestre.

— Que tal se eu te assassinar aqui e agora? — disse João Arolê.

— João... — disse a senhora Nina. — Vocês tão se deixando influenciar pela rede profunda. Parem agora com isso!

— Tô cansado desse cara! — disse Arolê.

— Você mataria seu próprio primo? — perguntou o mestre.

Eu sei que você quer me matar! Então me mata logo! Eu não aguento mais...

— Já disse que... — disse o senhor Arolê.

Me mata logo e volta para a sua Maria!

— Chega, né — o mestre interrompeu. — Somos primos! P-r-i-m-o-s! Nossas mães são irmãs! A gente se conhece desde criança! Cê sempre disse que sou um pirralho! Então, você mataria uma criança?

O soco de João Arolê fez o mestre voar longe. Nina Onixé sacou as duas pistolas e apontou para o mestre Joselito. A menina Jamila cerrou os punhos. Estavam todos finalmente rendidos ao clima perverso da rede profunda. Antes que o mestre pudesse reagir, o caçador tinha se teleportado para cima dele, o olho azul do caçador Arolê havia se tornado vermelho, sua lança estava para perfurar o crânio do meu senhor. Mas aí o João Arolê teve o braço e a perna esquerdos arrancados. Assim, de repente, galhos grossos surgiram, se enrolaram nos membros do caçador, o mutilaram num instante. Antes que tivéssemos tempo de gritar, as árvores nos cercaram, fechando o espaço ao nosso redor, como uma espécie de arena na qual as gargalhadas ecoavam sem parar. Em meio às árvores perversas, uma árvore maior que todas as outras se ergueu perante nós. A planta gigante se remexia como um bicho, cheia de galhos farpados que nos capturaram antes que conseguíssemos reagir, os mesmos galhos que seguravam no alto os membros arrancados de João Arolê de um lado, e o corpo sangrento do caçador do outro. No topo da árvore, um rosto cruel tomou forma e sua boca, repleta de dentes afiados, disse:

— Todas as coisas morrem. Vocês estão me incomodando. Sou Maria dos Galhos Quebrados, e meu trabalho é causar feridas no mundo. Todas as coisas morrem.

"Mesmo a árvore mais frondosa pode estar podre por dentro."
— Frase atribuída à Honorável Presidenta Ibualama.

Os poderes dos filhos dos Orixás são relacionados aos seus pais espirituais

No princípio, havia os Orixás
Que criaram o mundo e os seres humanos
Para que houvesse vida e maravilha no universo
Os seres humanos são o povo melaninado
São melaninados que nem os Orixás
Os seres humanos são filhas e filhos dos Orixás
As primeiras pessoas que povoaram o mundo
Seguiam à risca as orientações de suas mais velhas
As poderosas sacerdotisas
Que eram as interlocutoras entre os seres humanos e os deuses
As pessoas realizavam as oferendas e sacrifícios solicitados
E tinham vida longa e próspera
Essas primeiras pessoas viviam em tamanha harmonia com os Orixás
Que conseguiam alcançar o potencial dormente no fundo de suas almas
Ora, as almas humanas são universos próprios
Repletos de estrelas, planetas, constelações
Harmonizando seus universos internos com os Orixás
As pessoas alcançavam seu próprio âmago repleto de poder e vontade
Seu âmago repleto de axé, a força sagrada e invisível que existe em todas as coisas
E com a força de sua vontade conseguiam torcer a própria realidade
Da mesma forma que fazem os Orixás
Dizem que os deuses são forças de pensamento puro
Seres invisíveis que moram na dimensão invisível do pensamento

Então, os primeiros filhos dos Orixás alcançavam o âmago do pensamento
E tornavam realidade suas vontades
Assim, manifestaram os poderes invisíveis dos Orixás
Cada poder é naturalmente relacionado ao aspecto cósmico que o Orixá simboliza
Ogum é o ferro, a guerra, as máquinas
Então, seus filhos manifestam poderes relacionados à matéria, às façanhas físicas e científicas
Oxóssi é a caça, o conhecimento, o movimento
Então, seus filhos manifestam poderes relacionados às matas, às façanhas do pensamento e da movimentação
Oxum é a magia, a riqueza, a astúcia, a água doce
Então, suas filhas manifestam poderes relacionados a encantamentos, às feitiçarias da vida e da água
E assim por diante
Cada filho de Orixá se gaba do poder que possui
Cada filho de Orixá se orgulha da mãe e pai espiritual que tem
Que compõem o seu enredo metafísico de magia e poder
Porém, os filhos dos Orixás abusaram tanto de seus dons espirituais
Se dedicaram tanto a guerras, intrigas e conquistas
Que foram se esquecendo de reverenciar seus ancestrais
Foram deixando de lado as oferendas e sacrifícios
E várias pessoas passaram a nascer sem o quinhão do dom divino
As pessoas foram se distanciando dos Orixás
E quando perceberam seu erro, já era tarde demais
Antigamente, a maioria dos seres humanos possuíam dons sobrenaturais
Agora são minoria na terra
Para que não causassem mais tantos distúrbios no mundo

Para que não se ferissem tanto com tantas guerras e mortes
Ainda assim, continuam nascendo pessoas agraciadas com poder sobrenatural
E tal poder foi passando para seus descendentes diretos
Esses raros e orgulhosos se juntaram e formaram famílias
Criando linhagens raras, poderosas e orgulhosas
Que passaram a governar aquelas pessoas que nasciam sem poderes mágicos
Os filhos dos Orixás são rainhas e reis do mundo
Os filhos dos Orixás são orgulhosos de seus poderes espirituais
Os filhos dos Orixás representam o poder de seus pais ancestrais

Todas as coisas morrem

Todos nós, de Ketu Três, gostamos muito de árvores. Afinal, somos todos pássaros. Alguns são filhos da mata; outros, do lago; outros, ainda, das próprias árvores. Todos piam como pássaros quando manifestam a divindade. E a divindade reside nas árvores. Por isso que Ketu Três está repleta de árvores. Em todas as ruas e avenidas. Em todas as casas, em todos os arranha-céus, em todos os prédios que flutuam no céu. Onde há mais árvores que na cidade inteira? Nos inúmeros parques florestais dentro da cidade. Florestas inteiras espalhadas por toda a cidade de tecnologia espalhafatosa de Ketu Três. Todos nós, filhos de Ketu Três, somos pássaros, seja em forma humana, que nem o mestre, seja em forma de bicho, que nem eu. Todos nós gostamos muito de árvores. Até encontrarmos uma árvore da qual não gostamos nem um pouco...

— Vocês todos devem morrer, pois todas as coisas morrem.

Estávamos cercados por um verdadeiro mar de galhos farpados. Esses galhos nos envolviam como se fossem cobras constritoras, quanto mais tentávamos nos mexer, mais sentíamos o aperto. Estávamos completamente envolvidos, sendo esmagados, nos afogando em espinhos e raízes. Ao redor desse mar de galhos, havia uma plateia de árvores com rostos malvados, que soltavam risadas cada vez que um de nós se contorcia de medo e dor.

No centro dos galhos farpados, havia se erguido a maior de todas as árvores: uma criatura cinzenta, repleta de folhas secas — que eram cortantes feito lâminas — e espinhos tortos — que perfuravam feito pregos enferrujados. Mais e mais galhos serpenteantes pareciam brotar da árvore monstruosa. No alto, ela agitava os membros arrancados de João Arolê, além do próprio caçador, todo ensanguentado, balançando-o como se fosse lixo.

Eu estava totalmente parada, com medo de que, caso me mexesse um pouco, esses galhos destruíssem meus ossos finos num instante. Mal tinha coragem de mexer os olhos... Além de tudo, era difícil não desmaiar com os vários odores putrefatos que nos inundavam e penetravam nossas narinas como se fossem gases corrosivos.

— Primo! — o mestre gritava. — Primo!

— Para de gritar e se concentra! — disse a senhora Nina, com firmeza. — Usa seus poderes pra tirar a gente dessa!

— Tô tentando! — disse o mestre. — Que que cê acha que eu tô fazendo?

Pelo pouco que eu conseguia ver, o mestre estava realmente tentando. Ele tentava alterar os espaços das raízes que o envolviam, faziam-nas diminuírem até sumirem, porém, tão logo ele se soltava, mais e mais raízes apareciam imediatamente para prendê-lo de novo e voltavam em maior número que antes. Por mais que o mestre fosse incapaz de admitir até para si mesmo, ver o primo destruído daquele jeito impedia que Joselito Abimbola conseguisse focar de verdade em um uso mais efetivo de seus dons sobrenaturais.

— Desgraça! — gritava a menina Jamila. Ela estava passando pelo mesmo problema do mestre: tão logo se soltava dos galhos, mais e mais galhos surgiam para prendê-la. Mesmo a superforça da garota não parecia ser capaz de deter a supervelocidade de regeneração da árvore monstruosa.

— O que eu disse pro Joselito vale pra você também, Jamila — a senhorita Nina falou. — Se concentra!

— Tá doida? — Jamila gritou. — Essa coisa tá acabando com a gente! Tá destruindo o Arolê!

— Eu sei... — disse Nina, deixando escapar uma lágrima. — É por isso que tô dizendo que temos de manter a calma... ou o meu irmão vai morrer.

Enquanto nos debatíamos aqui embaixo, lá em cima o senhor João Arolê continuava encrencado. Continuava sendo balançado para lá e para cá, o que fazia o sangue de suas feridas jorrarem em nós. O mestre gritava ainda mais de desespero, João Arolê parecia estar num estado de choque tal que sequer se lembrava de gritar de dor.

Até que os galhos finalmente pararam de balançar o corpo do caçador, o ergueram e o levaram até ficar diante do rosto da árvore gigante. Se os rostos das árvores ao nosso redor eram perversos e pavorosos, o rosto da árvore gigante era ainda pior: cinzento, enrugado, não igual a de uma velha senhora, e sim como se fosse um fruto podre e embolorado. Seus olhos eram da mesma coloração dos musgos fermentados do pântano, enquanto sua boca era repleta de dentes tortos e navalhados. Quando o mutilado João Arolê foi posto cara a cara com o rosto da árvore, ela disse:

— Eu sou a Maria dos Galhos Quebrados, muito prazer. Você me conhece?

Respirando com dificuldade, com o corpo quase convulsionando pela dor de ter o braço e a perna arrancados de uma só vez, o senhor Arolê respondeu:

— Eu... conheci uma Maria... que não é você...

— Ah, então você conheceu uma das minhas irmãs — disse a árvore. — Por isso que me pareceu familiar, embora eu não te conheça. Responda, então, a mais uma pergunta: você foi capaz de amar essa minha irmã profundamente?

— Sim... — respondeu mais uma vez João Arolê. — Amei... a Maria que conheci... com todo o meu coração...

— Perfeito — disse a árvore, contente. — Então, morra.

Um terceiro olho, vertical, brotou da testa da criatura. Era um olho tão apodrecido quanto os dois olhos que o rosto já tinha. E, então, o senhor João Arolê foi bifurcado pelos galhos. As árvores ao nosso redor soltaram gargalhadas guturais que reverberaram por todos os cantos. Jatos de sangue jorraram quando o abdômen do caçador foi separado de sua cintura. A árvore monstruosa jogou os restos do senhor Arolê para bem longe, além do que nossas vistas alcançavam. Então, muitas coisas aconteceram ao mesmo tempo.

De uma só vez, o mestre Joselito Abimbola fez sumir todos os galhos que nos prendiam. Eu, imediatamente, escapuli para o alto, pois, no instante seguinte, a menina Jamila soltou um urro tão cavernoso, tão cheio de ódio, que as ondas sonoras fizeram despedaçar vários rostos de árvores malvadas que antes gargalhavam. Em seguida, a senhora Nina fez suas duas pistolas virarem canhões, que dispararam plasma fumegante, repleto de energia incandescente da Forja de Ogum, o que acabou incinerando vários galhos e árvores malvadas. Ao mesmo tempo, o mestre havia se teleportado para o alto e, enquanto flutuava no ar, enquanto chorava e gritava, gesticulou, gesticulou e seus poderes fizeram desaparecer grandes pedaços da árvore monstruosa, surgindo enormes buracos. Em paralelo, a menina Jamila deu um soco bem dado no chão, em direção à árvore, abrindo uma fenda no corpanzil da árvore.

No entanto, nada disso adiantou. Primeiro, a árvore regenerou por completo, de uma só vez. Depois, fez crescer novamente o mar de galhos no chão, prendendo outra vez a menina Jamila e a senhora Nina. Por fim, lançou galhos aéreos para prender o mestre e a mim, que flutuávamos no ar. As árvores malvadas voltaram a gargalhar com gosto, risadas roucas que mais pareciam o sussurro de catacumbas.

Joselito e Jamila voltaram a se debater, quanto mais se debatiam, mais os galhos apertavam e faziam os espinhos penetrarem a carne. Dessa vez, a menina e o mestre começaram a sangrar para valer. A senhora Nina, mesmo contida nos braços e pernas, disse para os dois:

— Tenham calma! Ponham a cabeça no lugar e pensem em como usar melhor as suas habilidades! Jamila, se concentra pra fortalecer o seu psicometabolismo, que nem a gente treinou! Joselito, foca seus dons na contenção dos espaços ao redor das raízes, pra reduzir a regeneração da criatura...

A senhora Nina terminou a frase com um grito, já que seu braço direito inteiro acabava de ser arrancado a partir do ombro, com o antebraço cibernético e tudo.

— Liderar é muito importante — disse a árvore, lá do alto, com seus três olhos de musgo olhando para a senhora Nina. — Você merece mais algumas feridas, então.

— E... quem lidera você, Maria? — perguntou a senhora Nina, ofegante.

— As mestras — respondeu a árvore.

— E quem são suas mestras? — perguntou novamente.

— Não importa — contestou a árvore. — Já que você vai morrer das tantas feridas que vou te causar.

— Eu vou te arrebentar primeiro! — berrou a menina Jamila. — Vou te arrebentar até você não conseguir se curar mais! Você vai pagar pelo que fez com o Arolê!

Então, os galhos se apertaram ao redor dos dois braços da Jamila. Eu quis tampar meus ouvidos para não ouvir o som dos ossos se quebrando, mas os bracinhos da menina permaneciam inteiros.

— Odeio admitir, mas isso é resultado dos treinamentos da Nina... — disse Jamila. — Cê vai ter que fazer melhor que isso, sua árvore marmoteira!

— Eu sou uma árvore, mas não sou — disse a árvore monstruosa.

— Seu nome... *é* Maria, não é isso? — falou a senhora Nina, bravamente se aguentando enquanto o sangue seguia jorrando de onde antes estava seu braço direito.

— Sou Maria dos Galhos Quebrados — disse a árvore Maria. — Muito prazer.

— Por que você matou meu primo? — berrou o mestre, chorando e sangrando. — Que que ele te fez? Eu vou te destruir inteira!

— Você não pode me destruir — disse a árvore Maria. — Você é poderoso neste mundo. Só que eu sou este mundo. As regras são minhas. Nenhum de vocês pode me ferir.

— Podemos sim — disse a senhora Nina. — Se atingirmos o núcleo que condensa a estrutura eletromagnética da sua alma...

— Só a lança do seu amigo talvez pudesse fazer isso — disse a árvore Maria. — Mas agora ele tá tão ferido que não consegue fazer mais nada. Morto, na linguagem de vocês.

— Foi por isso que você atacou ele primeiro? — perguntou Nina.

— Porque ele é familiar — respondeu a árvore Maria. — Porque ele amou uma das minhas irmãs.

— Você ama as suas irmãs a ponto de que ninguém mais pode amá-las? — seguiu perguntando a senhora Nina.

— Eu amo causar feridas mais do que tudo no mundo — respondeu a árvore Maria. — E você ama tagarelar pra ganhar tempo.

Um galho grosso, então, se enrolou em torno do pescoço da senhora Nina, um galho bem nodoso e tão farpado quanto um porco-espinho. Começou a apertar, o que fez Nina sufocar e sangrar ao mesmo tempo, seu rosto começava a ficar roxo. A menina Jamila se soltou das raízes que a prendiam. Enquanto novas raízes nasciam para prendê-la novamente, ela foi se soltando outra vez e arrebentando tudo tão rapidamente quanto podia, tentando abrir caminho até chegar à senhora Nina. Ao mesmo tempo, o mestre tentava abrir os espaços ao redor das duas para que a menina conseguisse alcançar a Equede. Entretanto, nada disso estava sendo rápido o suficiente, e os olhos da senhora Nina começavam a saltar para fora das órbitas... Até que o senhor João Arolê apareceu de repente, em cima do rosto da árvore Maria, e, com as duas mãos, penetrou sua lança energizada bem fundo do grande olho localizado na testa da árvore.

— Liquidar monstros com um golpe só é minha especialidade... — disse ele. — Adeus, Maria.

A árvore gorgolejou, vomitando uma gosma ácida que queimou a si mesma. A criatura se remexeu toda e acabou por apodrecer tão instantaneamente quanto se curava. Seu corpanzil, suas raízes e seus galhos se retorceram de uma só vez e viraram gravetos quebradiços, inertes. Jamila, tão logo se viu livre, correu e desferiu um poderoso soco no tronco da criatura, mas a coisa já estava morta e o golpe da menina só fez despedaçar toda a carcaça da monstruosidade. Um cheiro ainda mais putrefato impregnou tudo e, dessa vez, não me aguentei e vomitei muito.

O mestre usou os seus poderes para se teleportar até o senhor

João Arolê, tomou-o nos braços e, com ele, se teleportou para o solo. O mestre, então, afastou os galhos secos do chão, abrindo um pequeno espaço limpo e, com muito cuidado, colocou o senhor Arolê para se deitar.

— Primo, primo! — gritava o mestre. — Como você tá?

— Para de gritar.... — respondeu o senhor Arolê, com dificuldade. — Tô tentando respirar...

— Joãozinho! — a menina Jamila foi correndo em direção ao senhor Arolê... e aí parou. Eu também, que fui voando ao encontro deles, parei e fiquei olhando. Tentei não vomitar outra vez.

O braço e perna esquerdos do senhor Arolê haviam crescido de novo. Só que pareciam mais um amontoado nojento de fios, circuitos e mecanismos que se remexiam como se fosse um ninho de vermes. Os membros se contorciam tentando manter a forma. A cintura e o abdômen estavam novamente unidos, mas por um aglomerado de fios revoltosos, assim como o braço e a perna. Os fios todos estavam se espalhando lentamente para o restante do corpo. O caçador João Arolê havia se tornado uma coisa ainda mais cibernética, e menos parecida com um ser humano. Enquanto nós olhávamos para o senhor Arolê, a senhora Nina Onixé foi se aproximando. E então percebi que, semelhante ao que tinha ocorrido com o senhor Arolê, o braço direito dela estava crescendo de novo... Fios e circuitos fervilhavam, nervosos para criar um braço cibernético novamente.

— Me desculpa, João... — disse ela, quando chegou mais perto. — Quando tentei te ajudar, acabei te infectando com... essa coisa.

— Para de besteira, Nina... — respondeu o senhor Arolê, com dificuldade. — É graças ao... tecnovírus... que estamos vivos. Obrigado.

— Eu posso... consertar vocês — disse a menina Jamila, se recuperando da surpresa. — Mas precisamos voltar pro laboratório agora!

— Primo... — lamentou-se o mestre.

— Menos choro, mais ação... — João Arolê reclamou.

— Mas... — o mestre começou a dizer.

— Para de fingir que se importa! — Jamila acabou esbravejando. — Tudo isso é culpa sua! Todos esses monstros foram pessoas que se tornaram monstros por causa de gente que nem você, que fala muita bosta nas redes sobrenaturais em troca de fama inútil!

— Isso é tudo? — suspirou o mestre, com um olhar de desdém.

— Quê? — desafiou a menina.

— Você mesma disse que precisamos levar o João pro seu laboratório, pra que você possa ajudá-lo. Você é a mais inteligente de todos nós. Então, em vez de ficar numa discussão inútil, que nem eu faço nas redes sobrenaturais, vamos sair daqui agora!

A menina Jamila tentou falar mais alguma coisa, mas desistiu.

— Finalmente pararam de gritar... — sussurrou o senhor João Arolê, ainda deitado, ainda com os membros cibernéticos se remexendo.

— Primo! — o mestre exclamou. — Quer dizer, João. Arolê. Por favor, não tente falar mais nada...

— Cês falaram muito, agora é a minha vez... — disse o caçador Arolê. — Não é só porque você fala besteiras nas redes sobrenaturais. O que eu desprezo tanto é você falar muito e não fazer nada do que fala. Discurso bonito, ação zero. Tanto poder, mas não assume responsabilidades reais...

— Desculpa... — disse o mestre. — Mas... O que você tem a

ver com como eu levo a minha vida? Você... Você nem me conhece. Fez questão de me fazer entender que sou um estranho pra você...

— Eu tenho tudo a ver — disse João Arolê. — Eu sei tudo sobre você.

— Como...? — o mestre começou a dizer.

— Porque você é sangue do meu sangue... — João Arolê afirmou. — Porque eu acompanho o que você faz... Porque você é família. Só isso.

O senhor João Arolê, então, finalmente desmaiou de dor e exaustão, enquanto os circuitos do braço, da perna e da cintura continuavam se espalhando pelo seu corpo. A menina Jamila gritou para Nina para que fossem logo embora.

— Já terminamos o que viemos fazer aqui — disse a senhora Nina. — Senhor Ogã, por gentileza, nos leve de volta pra nossa base.

Com o máximo de dignidade possível, o mestre, que estava se esvaindo em lágrimas, soluçando um monte, realizou um grande gesto e todos nós sumimos dali de uma só vez.

Eu olho para a tela
Eu olho para a tela
Eu olho para a tela
E não vejo nada....

Usuários das redes sobrenaturais são arruinados por comentários odiosos

No Lago que comporta as redes sobrenaturais de Ketu Três
São despejadas centenas de notícias
Todos os dias, todos os dias
Um excesso de dados e informações
Todos os dias, todos os dias
Sobre assuntos do momento
Assuntos impostos como de interesse
As empresas de notícias adoram as redes sobrenaturais
Já que despejam suas notícias
Todos os dias, todos os dias
A seção favorita de muitos
É a seção de comentários
É lá que diversos usuários mergulham
Para despejar suas ansiedades, anseios e preconceitos
Todos os dias, todos os dias
O Lago era poluído com esses dejetos de dados e informações
Excesso de informação que não acrescentava realmente nada
Lixos e mais lixos em forma de palavras
Todos os dias, todos os dias
E os usuários liam esses dados
E se entristeciam
Se enfureciam
Arrancavam os próprios cabelos e partiam os próprios dentes
E despejavam mais dejetos em forma de palavras

Alimentavam o lixo que se formava no Lago
Todos os dias, todos os dias
Dessa forma, esses usuários das redes sobrenaturais
Se deixavam inundar com o lixo que eles mesmos despejavam
Se deixavam intumescer com o lixo despejado por outros
E lentamente se transformavam
Lentamente se arruinavam
Iam se metamorfoseando em espíritos malignos da rede
Que existiam somente para despejar comentários cheios de ódio
Existiam apenas para atacar outros navegantes da rede
Existiam apenas para afundar outros na sua ruína
Todos os dias, todos os dias
Todos os dias, todos os dias

Desconstruindo o primo querido

Quando as pessoas choram, significa que elas estão tão inundadas de água que transbordam? Isso significa que o mestre estava com um lago inteiro dentro de si? Porque ele ainda estava chorando. Ali em pé, vestido com trajes brancos, ereto, naquela sala pequena e sufocante, iluminada apenas à luz de velas, o mestre Joselito Abimbola fingia-se firme, o máximo possível. Olhava fixamente para a mesa de madeira e pedra na qual seu primo, João Arolê, estava sendo dissecado, todo aberto, que nem um frango. O mestre exibia alguma seriedade, mas não conseguia evitar as lágrimas que escorriam dos olhos. Ele fazia um esforço estupendo para não se deixar afogar num poço de angústia e ansiedade. Eu sei, porque, infelizmente, estava experimentando as mesmas sensações, devido ao laço que partilhamos. Eu mal conseguia respirar, então, tive de permanecer quietinha no ombro dele. Apenas observando. E chorando também. O que é pior? Afundar num poço de lágrimas ou afundar no mar de asneiras e vaidades que são as redes sobrenaturais?

Além do mestre, estavam aqui na sala a menina cientista Jamila Olabamiji, a senhora Equede Nina Onixé e uma senhora Ialorixá. Todas trajavam vestes brancas. Essa outra senhora era alta, talvez seja a mulher mais alta que eu já tenha visto. Sua pele era marrom-madeira, e de madeira era o cajado que ela segurava na mão direita. Usava fios grossos, de pedras verdes e brancas. Rosto severo, lábios grossos, olhos puxados. Saia, camisu, ojá... Apesar dos trajes brancos simples, era nítido que se tratava de uma Ialorixá. Ialorixá de Ossaim. A senhora Ialorixá, a senhora Nina e a menina Jamila estavam debruçadas sobre João Arolê, desmontando e remontando suas entranhas cibernéticas.

— Preciso de mais luz! — exclamou a menina Jamila, enquanto manuseava ferramentas de ferro no corpo aberto do senhor Arolê.

— Concentra pra aumentar a capacidade dos teus olhos, Iaô de Ogum, porque não vai dar pra acender mais luzes não... — disse a velha Ialorixá, que esfregava folhas em cima das entranhas do primo do mestre.

— Mãe, vou precisar de mais folhas aqui — disse a senhora Nina, que mexia nos fios que eram as tripas do senhor Arolê. O novo braço cibernético dela já havia crescido, mas ainda parecia meio cru, por assim dizer.

— Equede, já falei pra você ir descansar esse seu braço... — disse a velha Ialorixá.

— Desculpa, mãe — disse a senhora Equede Nina. — A Jamila precisa da minha supervisão, ela nunca lidou com tecnovírus antes.

— Eu li muito a respeito, vários livros! — exclamou Jamila, sem tirar os olhos do que estava fazendo.

— Aqui esse monte de leitura não é nada sem vivência e prática — retrucou a velha Ialorixá. — Agora que você é Iaô já devia saber dessas coisas.

— Desculpa, Mãe — disse Jamila. — Desculpa, Equede...

— Já disse pra me chamar só de Nina! — exclamou a senhora Equede Nina.

— Ela vai te chamar de Equede porque é Equede que você é! — disse a velha Ialorixá. — Lá fora vocês façam o que quiserem, mas aqui as regras são outras. Vocês duas estão falando demais, calem a boca e se concentrem no que estão fazendo!

A menina Jamila e a senhora Nina acataram as ordens da ialorixá e ficaram em silêncio. O mestre já estava quieto mesmo, muito ocupado tentando parecer sério e não desfalecer de tanta angústia. A velha Ialorixá fez um gesto e mais folhas brotaram das paredes de terra e foram até suas mãos.

Estávamos num salão subterrâneo, um aposento de paredes e chão de terra, sustentados por colunas de madeira viva. Além da terra e madeira, o chão e as paredes estavam também repletos de diversas folhas, de vários tipos, tamanhos, aromas e odores. Eram todas folhas verdes. Estávamos no Ilê Axé Bunkun Alawó, a Casa de Axé das Folhas Verdes, localizado bem nas profundezas da gigantesca floresta que é o Parque das Folhas Verdes, no Setor 8 de Ketu Três, e administrado por Mãe Maria de Ossaim, a velha Ialorixá.

O que aconteceu é que, quando o mestre nos transportou das redes sobrenaturais para a base secreta dos Ixoté, o senhor Arolê sofreu fortes convulsões. Ele tinha começado a vomitar e seu vômito eram fluidos de óleo e lascas de ferro. Os fios que juntavam sua cintura ao abdômen continuavam se remexendo como vermes, assim como os fios que compunham o novo braço e a nova perna cibernéticos que haviam nascido. Então, o novo braço, de repente, havia aumentado muito de tamanho, se tornando uma massa disforme de fios, circuitos e parafusos. Os fios da barriga estouraram e suas entranhas pularam para fora. O que saiu de lá de dentro parecia mais com os componentes de uma máquina do que com os órgãos de um ser humano. Mesmo cheia de dores devido crescimento do próprio braço cibernético, a senhora Nina coordenou a ação de reestruturar o corpo de João Arolê até lhe aplicar um sedativo espiritual, e então viemos imediatamente para cá.

— Deveríamos estar no meu laboratório... — a menina

Jamila acabou resmungando, enquanto remexia a caixa de ferramentas que havia trazido. — Preciso dos meus computadores pra fazer certos cálculos!

— A sua mente é o melhor de todos os computadores que seu pai Ogum te deu — disse a senhora Ialorixá Maria. — Garota, você sozinha é mais inteligente que todo mundo aqui junto! Não precisa de máquina alguma pra te ajudar. Além do mais, o Ogã de Logun Edé trouxe todos os brinquedos que você precisa. Fica quieta e se concentra no seu trabalho!

— Desculpa, Mãe... — respondeu a menina Jamila, envergonhada.

— Mas, Mãe — disse a Equede Nina. — Pra estabilizar as estruturas mutantes do tecnovírus, é preciso calcular as equações de Oluwa Damilola, que versa sobre as probabilidades de algoritmos discrepantes e logaritmos aberrantes, o que se aplica justamente a isso com que estamos lidando agora, que é a multiplicação desenfreada dos vermes tecnorgânicos de amálgamas espirituais, cujos núcleos onomatopeicos se expandem de acordo com as variações obscuratórias da tendência...

— Menos blá-blá-blá e mais ação, Equede — disse a senhora Ialorixá. — Você é a mais genial depois da Iaô aqui, sei melhor do que ninguém. O que vai salvar o filho de Oxóssi é o poder dos nossos ancestrais, não a ansiedade de vocês. Então, confiem de uma vez no Orixá que reside dentro de vocês e se concentrem! É a última vez que falo isso hoje.

Ninguém mais falou nada enquanto durou aquela operação. O senhor João Arolê jazia inconsciente, todo aberto, com suas entranhas à mostra, repleta de circuitos, mecanismos e dispositivos, e alguns órgãos humanos no meio de toda aquela bagunça. Óleo, sangue e fluidos se misturavam, se confundiam.

Então, vi a Ialorixá Maria aplicar bastante folha no flanco esquerdo de João Arolê. Com isso, se eu estava entendendo bem, nas entranhas de João Arolê, em adição aos órgãos, mecanismos e engenhocas, começaram a crescer folhas e raízes e se criar músculos vegetais, seiva e cascas de madeira. Tudo a partir das folhas manipuladas por Mãe Maria de Ossaim.

— Precisamos de mais folhas — disse a velha Ialorixá, para ninguém em especial. Mais folhas, então, começaram a nascer do chão e das paredes.

Em silêncio, o mestre caminhou até um pilão de madeira, ao lado da mesa, e começou a macerar folhas. Pegou todas as novas folhas que haviam nascido, pegou o balde de água fresca que estava no chão, despejou e misturou tudo no pilão. Ainda com os olhos cheios de água, mas dessa vez sentia mais firmeza real do que fingida. Acho que, em algum momento, acabei adormecendo. Parecia que estávamos lá há horas, parecia que eu não dormia há dias. Então, enquanto estava no ombro do mestre, acabei fechando os olhos...

Isso tudo é culpa sua. Seu primo foi arruinado, destroçado, destruído. De que adianta tanta pose nas redes sobrenaturais? Você se desperdiça em futilidades. Não acrescenta nada, não muda nada. Só fala sobre assuntos do momento, só fofocas estúpidas, comenta qualquer coisa que outros imbecis estejam comentando, fala com muita propriedade de assuntos que não lhe dizem respeito, fala muito de coisas que não faz, cobra comportamentos que você mesmo não cumpre, exige dos outros uma fibra moral que você mesmo não tem, se desperdiça em futilidades, mente deliberadamente para chamar atenção, se dedica a caçar assuntos polêmicos só para aparecer, treta com outros famosinhos. Qualquer coisa por atenção, olhem para mim, sou relevante, me amem, falem de mim, coraçõezinhos nos comentários, olhem, olhem, olhem, pelo amor dos ancestrais, estou aqui, compartilhem, comentem, flechinhas, flechinhas, flechinhas, o que estão falando de mim, preciso ver, preciso checar as minhas redes, olhem para mim, olhem, flechinhas, preciso ver, preciso ser, falem, comentem, compartilhem, comentem, estou aqui, existo, eu sou alguém, eu sou, eu sou, sou, sou... Nada.

Então, não está na hora de você assumir as atribuições de uma pessoa adulta? Ou você ainda é uma criança? Não ofenda as crianças: elas têm mais dignidade que você. Até quando vai ficar chicoteando as próprias costas nesta autopiedade idiota? Se você quer que algo mude, então faça mesmo. Agora deu para autoajuda barata? Presta atenção. Você está macerando folhas. Concentra. Quando você vai assumir as atribuições de um verdadeiro filho de Orixá? Você é o que os ancestrais precisam que você seja. Sabe muito bem. Até quando vai ficar fingindo para si mesmo?

Logun Edé, meu pai. Logun Edé. Estamos na mata, estamos no lago. Logun Edé. Estamos mergulhando. Pedimos licença para passar. Estamos mergulhando, estamos caçando. Estamos pescando. Logun Edé, o senhor é a minha força, o senhor é dono dos mundos dentro de mim. Ao senhor, meu melhor será feito. Sou filho de Orixá. Logun Edé, meu pai, o que faço é feito para o senhor. Sou filho de Orixá. Sou filho de Logun Edé, caçador.

Quem é João Arolê para mim? João Arolê é... Um arrogante rabugento! Um agressivo, estúpido, que não me respeita! Um grosso, revoltado, que me inveja! Que tem a pachorra de dizer que não somos parentes! Só porque fui uma criança travessa com ele! O que tem a ver? O que tenho a ver se as Corporações pegaram ele... Cale-se! Cuspa na boca antes de falar qualquer besteira. João Arolê é um dos homens mais corajosos que conheço. João Arolê se meteu em negócios perigosos sobre os quais não faço ideia realmente. Ele nunca vai me contar tudo o que aconteceu. Ele teve azar onde eu tive sorte... Talvez ele nunca me perdoe por isso.

Sou eu quem sente inveja dele. Ele está enfrentando as Corporações de verdade, enquanto eu digito palavras bonitas nas redes sobrenaturais. A verdade é que eu sempre quis ser como ele, mas nunca tive a coragem. Meu primo João Arolê é um verdadeiro caçador. Um verdadeiro filho de Oxóssi. Quero aprender mais com ele. Quero saber das suas aventuras, seus feitos, suas batalhas. Quero ser capaz de confortá-lo nos momentos de angústias, dúvidas e incertezas. Quero ser digno de acompanhá-lo em suas caçadas. Quero conseguir auxiliá-lo nas suas empreitadas em prol da população.

Quando me dou ao trabalho de prestar atenção, consigo perceber as feridas abertas que ele carrega na alma. Mesmo com essas feridas, ele luta em prol dos outros... Meu primo é um herói. Preciso dele de volta. Primo, estou macerando essas folhas para você. Estou me abrindo aqui. Preciso que você volte para nós na sua melhor forma. Quero que o melhor aconteça. Só isso. Precisa ser assim. Está bem... Uma nova era está por vir. Está na hora de renascer. Vamos acordar.

Quando abri os olhos de novo, tudo havia terminado. O mestre parecia pálido. Suas mãos tremiam, estavam sujas de sangue verde. Nos olhos, lágrimas. De novo. Porém, dessa vez, nos lábios de Joselito Abimbola havia um sorriso. Seu primo, João Arolê, estava de olhos abertos. Ainda deitado na mesa de pedra e madeira, sobre o lençol branco e folhas verdes, rodeado de suas amigas mais queridas, sob o olhar fixo de seu primo aliviado, o senhor João Arolê estava vivo. Inteiro. Seu corpo magro de pele marrom-realeza estava recomposto. Refeito. Dois braços, duas pernas. Cabeça, torso, cintura. Inteiro. Da cabeça aos pés. Completamente nu. Limpo. Parecia todo feito de pele. Todo feito de pele, carne e ossos. Marrom-realeza. Humano.

No entanto, a metade direita do rosto, o braço e a perna esquerdos agora eram algo além da pele. Era metal, madeira. Era verde, prata, marrom. Essas partes, agora, eram alguma outra coisa. Estavam vivas, pulsavam sob controle. O caçador João Arolê estava vivo novamente. Mãe Maria, então, foi a primeira a falar:

— Como tá se sentindo, filho? — disse ela, com um sorriso gentil, já que a senhorita Nina, a menina Jamila e o mestre estavam ocupados demais lacrimejando, exibindo sorrisos bobos nos rostos.

— Maria...? — João Arolê quase perdeu o ar.

O sorriso de Mãe Maria se desfez na hora.

— Mãe Maria de Ossaim — disse ela. — É assim que você vai se referir a mim. Pois é isso que eu sou.

— O quê...? — o senhor Arolê expressou confusão.

— Eu não sou a Maria que você conheceu — disse Mãe Maria. Não sou nenhuma delas. Eu sou eu mesma. Sou a Primeira.

— Mas.... — ele tentou dizer.

— Pare de me encarar, garoto — rosnou ela.

— João... — Nina tomou a palavra. — Chega de perguntas agora. Descansa um pouco. Jamila, pega água pra ele...

— Não precisa — disse Mãe Maria. — Afinal, tá cheio de líquido dentro dele.

Ela olhou para João Arolê, mas dessa vez ele desviou o olhar.

— Muito bem. Vamos todo mundo subir agora. Ele vai ficar. Vai descansar. Já que, daqui a pouco, terá de... renascer.

Todo mundo se entreolhou por um instante. O mestre deu uma tremidinha. Mãe Maria fez um gesto e uma escada de terra foi se formando no canto esquerdo da sala. A escada levava até uma porta de madeira que havia acabado de se formar também. Quando a escada terminou de ser formar, Mãe Maria ficou olhando para as moças e para o mestre.

— Eu disse: vamos subir — falou ela. — Todo mundo. Agora.

A senhora Equede Nina foi a primeira a obedecer e começou a subir as escadas; a menina Jamila, que parecia admirada, foi logo atrás; o mestre quis dar uma última olhada no primo, mas Mãe Maria foi simplesmente empurrando-o para fora. Subiram todos. Ninguém falou mais nada. E João Arolê foi deixado ali na mesa, sozinho, nu, sem falar coisa alguma, refletindo à luz de velas.

"Nunca presuma que você é mais importante do que realmente é."
— Frase que teria sido dita pela Honorável Presidenta Ibualama a um filho arrogante.

O melhor que você pode fazer ainda não é suficiente.

Os malfeitores de Ketu Três são cobrados pelos caçadores

No início de Ketu Três
Havia um homem de posses
Que pertencia a uma família importante
Uma das famílias que lideraram a revolta contra os alienígenas
Esse homem se julgava melhor que todo mundo
Ele abusava de sua autoridade e atormentava as pessoas
Sempre fora das vistas, sempre escondido
Perante as Mães, ele se comportava
Fingia-se dócil e obediente
Mas destrava seus filhos e funcionários
Era arrogante com todos que estavam abaixo dele
Um dia, ele começou a desviar recursos destinados à população
Se aproveitando da confiança e boa-fé que as Mães tinham nele
Se aproveitando que Ketu Três ainda era uma nova sociedade se erguendo
Esse homem passou a roubar
E roubar e roubar e roubar
Se aproveitando de sua alta posição
Ninguém podia colocar as mãos nele
Iniciado em Orixá, filho de Mãe Diretora
Como poderiam?
Até que certa noite
Apareceu um caçador
Ninguém sabe de onde veio

Se foi mandado por alguém
O caçador apareceu
E cobrou as contas do ladrão corrupto
No dia seguinte, o homem amanheceu morto
Ninguém chorou sua morte
A partir de então, todos os malfeitores da cidade
Passaram a ser cobrados por esses caçadores ancestrais
Infelizmente ainda há e haverá quem cometa crimes
Mas, cedo ou tarde
Os caçadores aparecem para cobrar o que é devido.

O primo querido renasce

Vocês também têm saudades daquilo que nunca viveram? Tenho saudades da época em que o mestre Joselito foi iniciado nos segredos dos ancestrais. Foi uma época de muita descoberta. O mestre aprendeu a falar. Aprendeu a se expressar por meio de palavras do nosso idioma. Aprendeu a correr. Aprendeu a se locomover. Aprendeu a olhar atrás do tecido existencial da realidade. Aprendeu a se deslocar por entre as dimensões que se encontram entre o Aiê e o Orum.

O mestre havia despertado seus dons sobrenaturais herdados de seu pai Logun Edé assim que foi iniciado por Mãe Marrom Oyindamola de Oxum, aos três anos idade. Ou seja, nunca presenciei esse momento, já que só fui conhecer o mestre dois anos depois. Tomei conhecimento do renascer do mestre logo na minha primeira semana na residência da mestra Eunice Abimbola, na ocasião em que ela almoçava com sua irmã, Marina Arolê, somente as duas, todos os demais haviam saído para fazer compras na feira. A mestra, então, tinha aproveitado para chamar sua irmã para aquele momento entre as duas, já que eram as únicas mulheres entre quatro irmãos. Eu estava no ombro da mestra Eunice e presenciei o diálogo.

— Como você teve a ousadia de iniciar o menino em Orixá com uma Mãe Diretora? Como teve dinheiro pra isso?

— Quero que meu filho seja o melhor de todos — respondeu a mestra, sem hesitar. — Gastei o que não tinha e que se dane!

— Por que não iniciou o garoto com a Dona Adalgisa? Qual seu problema com os terreiros do bairro? Por que tinha que ser com uma Mãe Diretora das Corporações?

— Porque eu e meu filho merecemos o melhor — respondeu a mestra.

— Que melhor é esse? Como você teve a coragem de se envolver com essa gente?

— As minhas escolhas podem ser questionáveis, mas são minhas escolhas — disse a mestra. — Você pode não concordar, é um direito seu. Mas quem lida com as consequências sou eu. E eu estou pagando até hoje sim, com essa comida deliciosa que degustamos agora, com esse dom divino que Mãe Oxum me deu. Respeite a mim e à comida.

Saudades da mestra Eunice. Saudades da iniciação do mestre, época que nunca vivi. Quando o mestre era sereno, tranquilo, apesar de ser uma criança de três anos que havia acabado de aprender a falar. Agora estou aqui, com o mestre adulto, um homem agitado, ansioso, que não sabe lidar com um terreiro que lembra os terreiros populares do bairro onde foi criado.

— M-me desculpa, mas... onde eu ponho isso? — perguntou o mestre para a menina Jamila.

— Ponha ali naquele canto, por gentileza, senhor Ogã. — respondeu a Iaô Jamila, visivelmente constrangida por ter de ensinar a um mais velho o culto ancestral.

Estávamos agora no barracão do Ilê Axé Bunkun Alawó, a Casa de Axé da Folha Verde. Tratava-se de um salão de tamanho médio, com chão de terra batida e paredes de barro ancestral, mais rijos que tijolos comuns; o teto era grosso e resistente; colunas de madeira sustentavam o lugar; havia folhas verdes em todos os cantos, paredes, teto, chão, mesas, cadeiras... As folhas cresciam mesmo onde aparentemente não havia plantas.

O mestre Joselito e a Iaô Jamila estavam arrumando o

barracão, movendo algumas coisas de lugar e preparando o local para o próximo rito. Tarefa simples. Mas... o mestre, que era Ogã, não sabia lidar com certos artefatos.

— Ogã — estava lá a Jamila, chamando a atenção do mestre de novo. — O senhor não pode pegar isso desse jeito...

— Mas... é só um alguidar com comida velha e folhas secas! — exclamou o mestre, constrangido.

— Se o senhor Ogã não sabe, não cabe a mim explicar... — disse Jamila, séria. — Mas não consigo ver sem falar nada, o senhor não pode pegar assim, sinto muito. Tremendo desrespeito com os ancestrais...

Aí, de novo, o mestre ficava paralisado, cheio de vergonha, e, de novo, ia lá a Jamila, tomava o artefato das mãos do mestre e o manuseava como se devia, baixando a cabeça no chão e proferindo as palavras certas. E o mestre fazia cara de interrogação. Essa cena lamentável se repetiu algumas várias vezes, até o mestre arranjar uma desculpa para sair do barracão e deixar que Jamila arrumasse tudo sozinha.

Qual foi a última vez que você participou de uma função? Você chega nas festas, bem-vestido, terno, fios grossos, eketé bonito, sapatos finos. Chega sempre cheio de pompa. Dobram os atabaques quando você chega. O jovem Ogã dos Setores Baixos! Atração entre as Mães Diretoras, dos terreiros flutuantes, dos arranha-céus. Você chega só para a festa, sempre apenas para a festa! Não ajuda nas semanas de preparação, jamais! Nunca participa dos rituais! Nunca ajuda, nunca passa dias e dias no terreiro! Só para a festa! Aí, chega lá, cheio de pompa, ternos bonitos de Ogã! Chega para a conduzir as divindades manifestadas! Todo mundo aplaude! Você gosta, não gosta? O Ogã jovem, que se veste bem! Que dança lindamente! O Ogã antenado, que posta sobre afetividades setoriais no Chilro e no Grama

Instantânea! Palavras bonitas, compartilhamentos fartos, mensagens de amor e afeto!

Cadê o afeto para com os ancestrais? Qual foi a última vez que você participou de uma função? Não sabe nada do funcionamento de um barracão simples como esse. Não sabe nada dos afazeres e deveres de um terreiro comum como esse. Não sabe mexer em nada. Não sabe como pegar, como manusear. Não sabe as palavras sagradas e os cantos secretos. Não sabe limpar uma galinha, não sabe preparar os alimentos dos ancestrais. Não sabe coisas simples que todo Iaô deve saber! Lógico, não passou pelo aprendizado de joelho no chão... Nunca nem se abaixou! Nunca participou do dia a dia de um barracão! Sempre renegou os terreiros populares do seu bairro, só queria saber da pompa das Casas Empresariais! Só cola em terreiro corporativo! Das Corporações que você tanto critica! A garota cientista e o seu primo têm toda razão em desprezar você! Ogã de araque! Marmoteiro!

Com aquela expressão agitada de quem está pensando demais, o mestre, então, foi tomar um ar na parte de fora. O pátio da Casa da Folha Verde era simplesmente toda a imensa floresta do Parque das Águas Verdes. O terreiro estava rodeado por árvores gigantes, maiores que prédios, árvores de todos os tipos, além de folhas dos mais variados formatos e tamanhos. Era magnífico, eu ficava olhando, olhando e não conseguia descrever corretamente, só olhando mesmo para entender...

Quem estava olhando para nós, por sua vez, era um rapaz marrom-ferro, baixo e magro, com roupa de ração simples, camisu e calçolão de morim. Fio de contas de Ogum atravessando o corpo. Esse menino devia ser o Axogum da casa. Ele estava varrendo quando nos viu sair. O mestre, então, andou em direção a ele.

— Motumbá... — saudou o mestre. — Você deve ser... Ogã Leonardo.

— Motumbá axé — Ogã Leonardo devolveu a saudação.

— Você, hã... — o mestre tentava dizer alguma coisa.

— A Mãe e a Equede Nina estão limpando a Casa de Ossaim — respondeu Ogã Leonardo. — Estão limpando a casa de assentamentos verdes lá trás. Mas você não pode ir lá, pois não faz parte dessa família. Ainda.

— Ah, sim — o mestre parecia um pouco contrariado. — Tô ciente. É que...

Ogã Leonardo parou para dar uma boa olhada no mestre. Olhou, olhou, de cima a baixo. Com as tranças azuis e amarelas presas num coque, o mestre vestia uma bata branca, cheia de brilhos, bordados, entremeios. O que contrastava fortemente com as vestes mais simples que todo mundo ali trajava, incluindo a Ialorixá Maria. Ogã Leonardo, então, perguntou:

— Ogã, o senhor pretende tocar?

— Ah... — o mestre pareceu entrar em pânico. — Uh. Certo. É...

— Vai acabar machucando as suas mãos... — Ogã Leonardo disse, sem demonstrar desdém. — Pode deixar que eu tocarei sozinho pra obrigação do seu primo.

O mestre abriu a boca, mexeu os lábios, mas não disse nada.

— Aliás, seu primo tá ali sentado nas escadas — disse Ogã Leonardo. — Pode ir lá falar com ele.

— É... — o mestre não conseguia terminar de falar. — Certo, farei isso! Obrigado...

O Ogã Leonardo, então, voltou a varrer, ignorando o mestre a partir dali. O mestre ainda tentou gesticular alguma coisa, mas desistiu. Se virou e foi para as escadas. Seus lábios tremiam um pouco. Era quase sempre assim quando o mestre falava com outros homens que não fossem seus colegas blogueiros. Ele simplesmente não sabia lidar. Engraçado é que quando o mestre era um menino, quando ainda convivia com seu primo, seu pai e seus tios, estava sempre à vontade.

Certa vez, estavam visitando o museu do bairro, juntamente com os tios e o pequeno senhor João Arolê. Era um museu dedicado ao Mundo Original, repleto de artefatos e máquinas antigos, bustos de bronze, estatuetas de palha e madeira, placas de escrita antiga, instrumentos musicais e outros dispositivos de tecnologia antiga, além de utensílios e obras diversas, tudo retratando o universo de onde se originaram os deuses e ancestrais do povo melaninado que hoje vive aqui no Mundo Novo. Era um museu muito popular ali no bairro onde o mestre havia nascido, no Setor 4, sendo visitado diariamente por todo mundo, adultos, jovens e crianças, e era onde o pai e os tios muitas vezes levavam os pequenos mestre Joselito e João Arolê para "aprender a ser homem". Ou pelo menos era isso que eu ouvia a mestra Eunice dizer sobre esses passeios entre eles.

Algumas vezes eu acompanhava o jovem mestre nessas visitas, embora o senhor Eustáquio não parecesse muito confortável com a minha presença. Então, em certa ocasião, estava o senhor Eustáquio Abimbola, pai do jovem mestre, de mãos dadas com o filho, que tinha ainda seis anos. Conseguiram ficar a sós por um breve momento, na seção de assentamentos arcaicos dos Irunmole, e então o senhor Eustáquio se agachou para falar com o jovem mestre:

— E aí, filho? O que tá achando do passeio?

— Tô gostando muito, papai! — respondeu o jovem mestre, com entusiasmo.

— A gente sempre te traz aqui... Você não queria estar fazendo outra coisa? Jogando um videogame, assistindo a algum desenho?

— "Uma árvore sem raízes é uma árvore oca por dentro." — recitou o jovem mestre. — Papai me ensinou! Então, a gente tem de aprender de onde veio! Gosto muito de vir aqui sim! Gosto muito de saber sobre meu pai Logun Edé, sobre todos os Pais e Mães! Sobre os que vieram antes da gente! Gosto sim!

— Que bom, filho. Você aprende muito rápido. Sua mãe sempre diz que você é especial.

— Eu sou, né, papai! Fui iniciado pro meu pai Logun Edé!

— Hehe. Sim, é um motivo de orgulho! Ter sido iniciado criança. Só tente não se gabar muito... E seria melhor se não falasse com seus amigos sobre *onde* você foi iniciado...

— Por que, papai?

— Nada. Não se preocupe com isso. Um dia a gente conversa sobre isso. Homem a homem.

O senhor Eustáquio era um homem de Oxóssi, alto e magro. Formava um belo par com a mestra Eunice, que era grande, gorda e de Oxum. Só que o senhor Eustáquio, ao contrário da mestra, era sempre sério.

O mestre, que quando criança falava com tanta desenvoltura na presença de seu pai e seus tios, homens adultos, hoje fica meio paspalho daquele jeito até quando fala com homens mais jovens e que não sigam a lógica espalhafatosa dos seus colegas das redes sobrenaturais. Eu não entendo por que é assim. Pelo visto, ainda não compreendo o suficiente das nuances humanas.

O mestre, então, chegou nas escadas que dão para o terreiro da Casa das Folhas Verdes. Eram escadarias simples de pedra e terra. Alguns degraus mais abaixo, estava sentado o senhor João Arolê, que parecia relaxado considerando os últimos acontecimentos. Parecia inteiro, o que era ótimo. Admito que havia ficado um pouco horrorizada quando o vi naquela situação, todo aberto, com um monte de coisas saindo de dentro, aquele monte de circuitos, mecanismos, fios, tubos... Ao contrário de mim, o senhor Arolê havia nascido humano. Será que ele agora era algo mais semelhante ao que eu sou? Uma... uma coisa? Enfim. O senhor Arolê, agora, parecia bem humano e tranquilo. Vestia roupa de ração branca, cabelo cortado bem curtinho. Só dava para perceber a artificialidade da metade direita do seu rosto e do seu braço e perna esquerdos se chegasse muito perto para ver. Quer dizer, às vezes pareciam membros de carne e osso, às vezes de madeira, como se fosse brinquedo, às vezes metálicos, robóticos.

O mestre se sentou ao lado do senhor Arolê e o olho direito dele soltou uma leve faísca azulada. O mestre, então, iniciou a conversa:

— Oi...

— Oi.

— Como você tá?

— Ansioso.

— É. Eu também.

— Você se importa de verdade?

— Sim. Somos primos.

— Hehe. Tá bem...

Pausa constrangedora para olharem para as árvores. Minutos se passaram, até o mestre retomar:

— João, queria te perguntar uma coisa...

— Lá vem.

— Desculpa.

— Fala de uma vez.

— Certo... Por que você... Por que se surpreendeu quando viu a Ialorixá Maria? Não entendi aquela conversa. Você falou como se ela fosse aquela... criatura-árvore. O que elas têm a ver? Desculpa perguntar...

Mais alguns minutos de silêncio constrangedor. Ou horas. Não sei. O mestre parecia suar muito. O senhor João Arolê... Eu não sabia dizer. Nunca entendi muito bem o silêncio dos homens, já que o mestre quase sempre está falando. Foi então que o senhor João Arolê, que até esse momento estava falando sem olhar para o mestre, se virou. Os dois ficaram cara a cara. O senhor Arolê perguntou:

— Joselito, o que é ser homem pra você?

Acho que nunca havia visto o mestre arregalar tanto os olhos. E olha que o mestre é especialista em expressões aparvalhadas.

— Ah — o mestre começou a dizer. — Ora. Eu sei.

— Sabe o quê? — insistiu o senhor Arolê.

— O que é ser homem.

— Então, me diga.

— É. Eu posto bastante sobre isso nas redes sobrenaturais. Faço fios no Chilro. Textos no post central da alimentação do Grama Instantânea. Relações setoriais, afetos ancestrais. É. Falo bastante disso. Eu sei.

— Sei que você fala bastante sobre isso nas redes sobrenaturais. Por isso que tô te perguntando...

— Ah sim! Lógico. Então...

— Então...?

— É isso.

— O quê?

— Quê...? É. Isso. É...

O mestre parecia que estava prestes a se desfazer de tanto suor. Seus lábios tremiam. As mãos tremiam também. Senti o mestre doido para usar seus poderes e sumir dali. Estava quase fazendo. Quase, mas... Acho que eu estava sentindo, não tenho os poderes do mestre, mas após tantos anos sendo passageira do deslocamento entre as dimensões, conseguia perceber os espaços se dobrando. Era imperceptível a olho nu, afinal, os dons sobrenaturais dos *emi ejé* são dons dos ancestrais, e os ancestrais são *invisíveis*. Então, seus poderes também são invisíveis, até causarem fogo e atiçarem trovões. Não era o caso ali. No entanto, os espaços estavam mesmo *se dobrando*. Estavam se digladiando. Os espaços estavam se mesclando e se contorcendo... Porque os poderes do senhor João Arolê haviam aumentado. E ele estava só prestes a começar. O senhor João Arolê estava impedindo que o mestre tentasse fugir. Ou pelo menos foi isso que consegui entender. E parece que o mestre também entendeu.

Após essa disputa silenciosa, que parecia interminável, o mestre finalmente disse:

— Tá certo. Não consigo te falar isso. Tá bem? Porque eu sinto que você é um homem. E eu... eu sinto que sou um menino. Um "brincalhão", como meu pai costumava dizer quando atingi a idade de um jovem. Eu não me sinto homem. Eu não sei dizer. É fácil falar um monte de bobagens nas redes sobrenaturais. É muito fácil. É só recitar um monte de palavras bonitas. As pessoas que são minhas fãs... Essas aí. Sei lá, são muito impressionáveis! Qualquer bosta que eu falo, eles aplaudem. Alguns questionam, mas são soterrados pelos que aplaudem, sabe? Então... É. Tudo que falo sobre ser homem nas redes não passa de um monte de baboseiras que impressionam essa gente emocionada. Mas.... Eu não tenho coragem de conversar assim com um verdadeiro homem. É isso.

O senhor Arolê ficou olhando o mestre, como se estivesse esperando-o terminar de falar. Mas o mestre já estava ficando desconfortável com o silêncio do primo. Até que o senhor Arolê se virou e soltou um risinho.

— Eu me abri aqui... — o mestre começou a dizer. — E você escarnece de mim. Legal...

— Você é inacreditável — o senhor Arolê ainda tinha o risinho nos lábios. — Que marmota é essa de "verdadeiro homem"?

— Hã... Você. Você é... Não é?

— Tenho tantas inseguranças e dúvidas quanto você.

— Mas... Você é um caçador de espíritos malignos! Você se arrisca pra salvar pessoas! Você... quase morreu nessa sua última missão. Você deve ter visto a morte de perto várias vezes! Você é um herói!

— Vi a morte várias vezes de perto... — o senhor Arolê havia parado de sorrir. — Mas nada disso me faz ser um herói. Ou um "verdadeiro homem".

— Mas...

— Eu sou uma pessoa. Que nem você.

— Ah — o mestre parecia meio desapontado. — É...

— Pelo visto, você se dedica tanto ao seu mundo enfeitado das redes sobrenaturais que se esqueceu como são as pessoas reais.

— É-é... — o mestre abaixou a cabeça, envergonhado.

— Tudo bem. Não precisa se culpar por isso.

— É... — então, foi como se o mestre tivesse um estalo. — Você... Você também não precisa se culpar tanto. Primo.

Agora foi a vez do senhor Arolê olhar para baixo. Consegui ver que abriu um sorriso, mas era um sorriso triste.

— Hehehe... — o senhor Arolê deu umas risadinhas antes de falar. — Mesmo eu não falando nada, tá estampado na minha cara...

— Por que homens não falam? — perguntou o mestre.

— Tá aí algo pra você pesquisar — disse o senhor Arolê, levantando a cabeça. — Na verdade, eu admiro o seu dom de falar e escrever. Sério. Mas.... Que tal viver o que você fala? Que tal vivenciar e experienciar e, então, falar a partir de vivências e experiências reais?

— É... — o rosto do mestre pareceu se iluminar um pouco. — Pode crer.

— Um dia eu te pergunto o que aconteceu contigo depois que eu... Fui raptado pelas Corporações. E, quem sabe um dia, eu te conto o que aconteceu comigo durante esse período...

— Combinado, primo.

— Mas, vou responder à pergunta que você me fez.

O mestre se posicionou de forma a ouvir com atenção. O senhor João Arolê respirou fundo e disse:

— Eu... me apaixonei por uma mulher chamada Maria Aroni. Tivemos... uma relação amorosa... até ela ser assassinada. Na minha frente — percebi o mestre se esforçando para não se alterar, embora seus olhos tivessem começado a lacrimejar. O senhor João continuou:

— Eu... cobrei o assassino da Maria. Depois... A Maria tinha voltado. Ou assim achei... Não era a Maria que eu havia conhecido e amado.

— Da mesma forma... — o mestre foi dizendo. — Da mesma forma que a árvore monstruosa era Maria, mas não a Maria que você conheceu. Da mesma forma que a Ialorixá de Ossaim...

— Exatamente.

— Então...

— A Maria... As Marias... são que nem a Jamila. São que nem a sua companheira, Genoveva.

Eu realmente não estava acostumada quando se referiam a

mim, ainda mais pelo nome. Mas fiquei ainda mais surpresa de o mestre concordar simplesmente. Então, é isso? Apesar de ser um espírito modificado, criado artificialmente, eu sou... gente? Apesar de ser um bicho, eu sou... humana?

— Entendi... — o mestre, então, sussurrou. — Quando a Mãe Maria disse que é a "Primeira"...

— É exatamente o que ela é...

— Como você... se sente quanto a isso?

Dessa vez tive a impressão de que talvez fosse o senhor Arolê que quisesse fugir para bem longe daquela pergunta. Ele disse que homens não falam. Não entendo bem. Será que o mestre Joselito também não fala? Será que o mestre, ao falar muito, na verdade, não fala nada? O senhor Arolê estava calado. O mestre aguardava a resposta. Até as árvores ao nosso redor pareciam atentas. Depois de uma eternidade, o senhor João Arolê disse:

— Como ela mesma disse, Mãe Maria é ela própria. É nossa mais velha, nossa Ialorixá. Acabei de conhecê-la... ao mesmo tempo em que já a conheço. Só que... a Maria que eu realmente conheci... se foi. Não volta mais...

Lágrimas encheram o único olho orgânico do senhor João Arolê, apesar de ele manter uma expressão serena.

— Sinto... — o mestre estava chorando também. — Sinto muito...

— Obrigado... Mas... É isso. Mãe Maria é Mãe Maria. Ponto. Sinto que ela é a pessoa certa pra me raspar.

Os dois, então, dedicaram mais um tempinho às suas próprias lágrimas. Essa conversa se alongou bastante, ainda mais com as pausas, mas eu assistia, ansiosa. Isso tudo é bem mais interessante que as postagens do mestre. Até que...

— Então, iniciação, hein? — disse o mestre.

— Pois é — respondeu o senhor Arolê. — Tentei fugir disso aí o máximo que deu. Mas...

— Filho de caçador é isso aí mesmo! Meio rebelde e tal.

— É verdade... Mas aí, senhor Ogã. Cê dá conta de ajudar a Mãe Maria nessa? Ela é braba.

— Dou conta — disse o mestre. — Afinal, se me for permitido, pretendo ficar aqui por um tempo.

O mestre falou com uma convicção que fez até o senhor Arolê sorrir.

— Então é nóis — disse o primo querido.

— É nóis — disse o mestre, se levantando. — Bom! Eu... Não tenho palavras pra essa nossa conversa. Depois de tantos anos. Mas, acho que tá na hora. (Quase) Iaô de Oxóssi.

— Sim — o senhor Arolê se levantou também. — Ogã de Logun Edé. Tá na hora.

Os dois se abraçaram forte. Não falaram nada. Então, comecei a ouvir piados de muitos pássaros. Muitos. Uma sinfonia de piados. Quando dei por mim, eu estava piando junto. Eu estava lacrimejando. Nem eu acreditei.

Então, os dois primos deram as mãos e subiram juntos as escadas. Eu permaneci na floresta, piando junto com meus primos pássaros, pois não sou iniciada, então, não posso presenciar os ritos completos. Faz parte do sistema sagrado. Só pude acompanhar a sinfonia dos pássaros. A sinfonia que foi reverberando por toda a floresta enquanto mais um pássaro caçador nascia...

"Quando os olhos veem, a boca permanece quieta."
— Honorável Presidenta Ibualama, durante pronunciamento para crianças.

Os iniciados em Orixá tornam-se arquitetos do futuro da humanidade

Em Ketu Três
Em todo o Mundo Novo
As pessoas são iniciadas desde crianças
Conforme manda a tradição
Conforme o desejo dos ancestrais
Iniciadas no Orixá que é o centro da sua consciência
Iniciadas no Orixá que é o núcleo do seu espírito
Em Ketu Três
Em todo o Mundo Novo
A população sabe que é importante iniciar desde muito cedo
Para abrir os caminhos da pessoa
Para despertar as potencialidades da pessoa
Para garantir a continuidade do Axé
Para promover o compartilhamento do Axé
Em Ketu Três
Em todo o Mundo Novo
Inicia-se desde crianças
As tradicionais famílias *emi ejé* iniciam suas crianças tão logo seja possível
Se possível já quando estão no útero
Para que cresçam fortes
Para que despertem seus poderes
Para que se tornem potências do mundo
As famílias tradicionais *emi ejé*

Iniciam suas crianças nas Casas Empresariais
Com muita festa e celebração
Muita felicidade pelo nascimento de mais uma alma poderosa
As famílias populares também iniciam o mais cedo possível
Mesmo sem tantos recursos quanto as famílias tradicionais
Iniciam nos terreiros do bairro
A maioria só consegue iniciar quando adolescente
Mas se iniciam
Para que os caminhos sejam abertos
Para que Orixá receba a devida autoridade
Para ditar e auxiliar a cumprir o destino da pessoa
Pois Orixá é o núcleo da consciência
Orixá é centro de poder da alma da pessoa
Os iniciados em Orixá despertam suas potencialidades
Despertam seus talentos e conhecimentos
As pessoas iniciadas tornam-se mais aptas a contribuir com a sociedade
Pois conseguem extrair o melhor de seus dons
Em Ketu Três
Em todo o Mundo Novo
As pessoas iniciadas tornam-se arquitetos do futuro da humanidade
As pessoas iniciadas despertam os poderes da sua ancestralidade
Conforme manda a tradição
Conforme o desejo dos antepassados
Com a bênção dos Orixás.

A grande batalha do lacre 3 (quem tem medo da demanda?)

Algum dia o mestre Abimbola conseguirá ser ele mesmo, temos certeza. Então, nada melhor que uma conversa franca. Sem seu rifle azul e dourado em mãos, Joselito Abimbola estava cara a cara com a Caçadora Larissa Okikiade.

Estavam os dois às margens de um grande lago que refletia o céu verde. O chão em que pisavam era um capim azul. Ao redor deles, uma multidão de pessoas ansiosas, que só olhavam. Estavam armadas, mas não se digladiavam. Joselito Abimbola de Logun Edé vestia um traje colante mais simples, leve, sem tantas firulas. Já Larissa Okikiade de Oxóssi vestia um roupão espalhafatoso, um tecido de múltiplas cores, era difícil descrever, mas se destacava absurdamente.

— O que você veio fazer aqui, jovem Pescador? — perguntou ela. — Veio tomar outra surra?

— Não...

— Joga agora meu nome no UmSemZeros! — exclamou ela. — Sou colunista da Revista *Ouça*, sou Oradora da Paz, sou escritora da *Especificidade de Parla*, fui eleita a Maior Personalidade das Redes Sobrenaturais, sou Ebomi de Casa Empresarial, sou...

— Parabéns — disse o mestre, sorrindo. — De verdade, fico feliz com o seu sucesso.

— O quê? — espantou-se ela.

— A senhora é um exemplo de foco, determinação e esperteza — o mestre continuou dizendo. — Obrigado por tudo que me ensinou.

— O que você tá tramando, Pescador?

O mestre então respirou fundo.

— Realmente, é um belo perfume.

— Ué. Mas por que...? Ué?

— Adeus, senhora.

Larissa Okikiade saca suas armas e começa a atirar, mas o mestre já havia desaparecido. Ela ordenou que a plateia se movesse para ir atrás dele, porém, as pessoas continuaram só olhando... Aí, começaram a conversar e depois discutir bobagens entre elas mesmas, e só. Enquanto o mestre desligava seu dispositivo de conexão e o deixava de lado no banco de madeira.

Estava o mestre no Ilê Axé Bunkun Alawó, no pátio do barracão. Vestia trajes brancos simples, depois de muitos anos. Abriu os braços e deu uma boa respirada no ar puro do parque. O maior sonho de Joselito Abimbola de Logun Edé era poder ser ele mesmo, nem que fosse só por um instante... Resolveu aproveitar, então, aquele instante em silêncio.

Alegre-se, Joselito Abimbola. Você é você.

O mestre sorriu e voltou a varrer o chão do pátio.

"*Seja companheiro da divindade que mora dentro de você e permita que o seu eu divino guie os seus passos...*"
— Honorável Presidenta Ibualama.

EPÍLOGO

Mesmo que este mundo tenha que deixar de existir...
— Essas jovenzinhas precisam aprender modos.
— Uma coisa que todas as pessoas esquecem é que este é um mundo de telepatas.
— Todo mundo pensa só o que nós queremos que pensem.
— Afinal, realidade é uma ilusão combinada.
— Nós somos filhas das Mães Cujos Nomes Não Devem Ser Ditos.
— Nós vamos nos vingar da desfeita que nos fizeram... nem que esta cidade inteira tenha que queimar.
— Mas antes, precisamos ensinar modos a nossa prole!
— Realmente, essas jovenzinhas da Olasunmbo passaram um pouco dos limites.
— "Mães Diretoras", hehe.
— Pelo menos aqueles jovenzinhos rebeldes agiram pra remediar um pouco a situação.
— Tão divertidos, achando que fazem alguma diferença...
— Hehehe...
— Vocês aí, Abimbolas!
— Família que decaiu de sua alta posição!
— Que absurdo...
— Mas agora aprenderam modos!
— Pelo visto, vocês, Abimbolas, querem voltar ao topo...
— Estamos aqui, senhoras.
— Somos os Abimbolas!

— É lógico que queremos voltar ao topo!

— Afinal, somos pássaros.

— Muito bem. Pássaro Eunice! Apresentando relatório.

— Meu filho, que acha que fui embora, só se fortaleceu com a minha ausência, né? Até que se saiu muito bem! As senhoras não acham?

— Digamos que a performance dele foi... razoável.

— Sim. Serviu pra distrair a nossa filha atrevida, que se acha demais!

— Pássaro Ibikeye! Apresente relatório.

— Senhoras. Enquanto a filha de vocês, Larissa Okikiade, se distraiu com bobagens, consegui anular os poderes dela em momentos chave. Da mesma forma que fiz com o jovem Joselito Abimbola.

— Ótimo. Assim essa molecada para de se sentir dona do mundo...

— Muito bem. Pássaro Genoveva! Apresente relatório.

— Senhoras. Obrigada. O plano segue em andamento, e o mestre tá sob controle. Afinal, ele nem percebeu...

Que pensa tudo o que eu quero que ele pense.

GLOSSÁRIO

Um guia para as palavras de Ketu Três que aparecem neste livro.

Aiê [*Àiyé*]: Mundo físico; terra onde vivem os seres humanos; terra visível sob o sol.

Ajogun [*ajogun*]: Espíritos perversos, inimigos dos orixás e de toda a humanidade; espírito corrompido, maligno; sentimentos nefastos, energias negativas.

Akosilé Oju [*Àkọsílẹ Oju*]: "Olho Público". Uma das grandes empresas de segurança de Ketu Três. Especializada em patrulha, perseguição e captura. Cores: azul e dourado. Rival da Aláfia Oluxó.

Aláfia Oluxó [*Alafia Oluṣọ*]: "Paz Guardiã". Uma das grandes empresas de segurança de Ketu Três. Especializada em localização, combate e destruição. Cores: branco e vermelho. Rival da Akosilé Oju.

Axé [*àṣẹ*]: Poder; energia vital que transforma o universo; força que move os seres humanos e as divindades.

Babá [*Bàbá*]: Pai.

Babalaô [*bàbáláwo*]: Literalmente "pai que possui o segredo"; homem que interpreta e comunica a vontade dos deuses por meio do jogo de búzios; vidente, adivinho.

Ebomi [*Ẹ̀gbọ́n mi*]: Literalmente "meu irmão mais velho"; pessoa iniciada no culto ancestral que cumpriu suas obrigações rituais de sete anos; condição de alto prestígio em Ketu Três.

Emi ejé [ẹmí ẹjẹ]: Literalmente "sangue espiritual"; indivíduo do Mundo Novo que possui poderes sobrenaturais.

Ialorixá [Ìyálòrìṣà]: "Mãe de orixá"; sacerdotisa do culto ancestral; ebomi escolhida pelos deuses para proporcionar o nascimento de novas divindades por meio da iniciação; autoridade máxima de um terreiro ou de uma Casa Empresarial; cargo de altíssimo prestígio em Ketu Três.

Iaô [ìyàwó]: Pessoa iniciada no culto ancestral que possui menos de sete anos de renascida, ou que ainda não cumpriu suas obrigações rituais de sete anos.

Iroko [Ìrókò]: Orixá do tempo, das árvores, da antiguidade; uma das divindades mais antigas do mundo; a Grande Árvore, árvore da vida; o próprio tempo, que testemunha o início e o fim de todas as coisas.

Ixoté [Iṣọtẹ]: "Rebelião"; grupo de *emi ejé* rebeldes que se opõe às Corporações.

Odé [Ọdẹ]: Caçador; termo pelo qual comumente se referem a divindades da caça, tais como Logun Edé, Otim, e, principalmente, Oxóssi.

Ogã [Ògá]: Literalmente "chefe"; cargo masculino de alto prestígio, geralmente reservado a homens que alcançaram grandes feitos a serviço da nação.

Ogum [Ògún]: Orixá da metalurgia, da ciência, das artes bélicas; senhor da guerra; o pioneiro, que abre os caminhos; o poder masculino em seu aspecto mais violento; Rei de Irê.

Oiá [Ọya]: Orixá dos ventos, das tempestades, do fogo e da água; Rainha dos eguns; o poder feminino em seu aspecto mais libertário; uma das principais divindades da metrópole Oió Oito.

Ojó-Bo [Ọjọ Bo]: Literalmente "dia da nova criação"; quinta-feira, dia da realeza, dia de Oxóssi, Logun Edé e demais Odés.

Orixá [Òrìṣà]: Divindade; ser composto puramente de pensamento, invisível; poder do mundo, princípio cósmico do universo; força da natureza; ancestral divinizado.

Orum [Òrun]: "Céu"; mundo sobrenatural, onde vivem os ancestrais, os espíritos, as divindades; reino mais elevado das dimensões do pensamento; mundo invisível.

Ossaim [Ọsányìn]: Orixá das folhas, da floresta, da cura pelas ervas; o grande médico dos orixás.

Ouô [owó]: Búzios; moeda corrente de Ketu Três.

Oxalá [Òòṣààlá]: Orixá da Criação, o Grande Orixá, Rei das Vestes Brancas, criador dos seres humanos e pai da maioria das divindades.

Oxóssi [Òṣọ́ọ̀sì]: Orixá da caça, da fartura, das artes; senhor da humanidade; aquele que alimenta a comunidade e se aventura no desconhecido; Rei da cidade ancestral Ketu; principal divindade da metrópole Ketu Três.

Oxum [Òṣun]: Orixá da riqueza, da beleza, da fertilidade; Rainha do ouro e da magia, senhora das águas doces; o poder feminino em sua totalidade.

Xangô [Ṣàngó]: Orixá do trovão, da justiça, da virilidade; o grande rei, poderoso, majestoso e orgulhoso; Rei da cidade ancestral de Oió.

Esta obra foi composta em Arno pro light 13 para a Editora Malê e impressa na gráfica JMV em maio de 2025.